Oje, du fröhliche ...

Vierzehn heiter-besinnliche

Weihnachtsgeschichten

von Friederike Costa

1

Impressum

Copyright © 2015 by arp

Herausgeber by arp

Ledererstraße 12, 83224, Grassau, Deutschland

Ausgabe September 2016

Alle Rechte vorbehalten

Das Werk ist urheberrechtlich geschützt und darf auch auszugsweise nur mit Genehmigung des Herausgebers wiedergegeben werden.

Covergestaltung by arp

Foto: Angeline Bauer

Besuchen Sie uns im Internet: http://www.by-arp.de

Inhaltsverzeichnis:

Die himmlische Stimme am Funkgerät

Es war ein Uhr nachts. Monika fuhr auf die Raststätte Gerfried ein und parkte den Truck. Müde lehnte sie sich zurück. Sie starrte auf die Frontscheibe, auf der sich dicke Schneeflocken absetzten und langsam zerschmolzen. Wenn das Schneetreiben so weiterging, würde sie es morgen nie und nimmer schaffen, rechtzeitig nach Hause zu kommen, um mit ihrem kleinen Sohn Philipp das Weihnachtsfest zu feiern. Einen Moment überlegte sie, ob sie einfach weiterfahren sollte, aber sie hatte ihre Lenkzeit bereits um eine halbe Stunde überschritten und wollte nichts riskieren.

Manchmal verfluchte sie diesen Job, obwohl sie auch dankbar war, dass sie ihn hatte. Eigentlich war sie Busfahrerin und hatte bis vor zwei Jahren bei den Städtischen Werken gearbeitet. Doch dann wurden wieder vier Fahrer entlassen, und diesmal war auch sie dabei.

Sie zog ihre Jacke an und ging in die Raststätte. Ganz hinten am Fenster war der letzte freie Tisch. Dort hängte sie die Jacke über eine der Stuhllehnen, legte ihre Mappe dazu und bediente sich an der Theke. Ein großer Salat, etwas Huhn und zum Feierabend ein Viertel Rotwein.

Als sie wieder zum Tisch kam, saß ein Mann dort. Er war groß und schlank, hatte dunkle Haare und strahlendblaue Augen. Er legte sein Besteck aus den Händen und stand auf. „Ich hoffe, es stört Sie nicht, dass ich mich an diesen Tisch gesetzt habe."

Sie stellte ihr Tablett ab und betrachtete ihn misstrauisch. Der Schlüsselbund, der neben seinem Teller lag und einen Truck-Grand-Prix Schlüsselanhänger hatte, wies ihn als Kollegen aus. „Bitte", sagte sie kurz angebunden, obwohl sie lieber alleine geblieben wäre.

Eine Weile aßen beide still vor sich hin, doch als das Schweigen allzu laut wurde, richtete der Mann das Wort an sie.

„Wir sind Kollegen, nicht wahr?" Er deutete mit einer Kopfbewegung auf Monikas Mappe, die den Aufdruck ihrer Firma trug, und wechselte zum Du, denn das war unter Truckern so üblich. „Wo musst du hin?"

„Braunschweig", sagte sie.

„Fährst du noch weiter?"

„Nein. Für heute ist Schluss." Sie hob ihr Glas und prostete ihm zu. „Oder würde ich sonst trinken?"

Er zuckte die Schultern. „Ich habe in den zwölf Jahren auf Tour schon viel gesehen. Übrigens, ich heiße Erik."

Sie nickte und schob sich eine Gabelfuhre Salat in den Mund.

Erik lachte. „Na, sehr gesprächig bist du aber nicht."

„Stimmt. Manchmal gibt man den kleinen Finger, und der Andere nimmt gleich die ganze Hand."

„Verstehe. Frauen auf dem Truck werden oft als Freiwild betrachtet."

Monika sah ihn bedeutungsvoll an. „Anschaulich ausgedrückt."

„Andererseits vergällt einem das ewige Misstrauen aber auch das Leben", gab Erik zu bedenken. „Mir selbst geht es so, dass ich unterwegs froh bin, wenn ich mal jemanden treffe, mit dem ich ein paar vernünftige Sätze reden kann. Den ganzen Tag am Steuer macht mir nichts aus, aber immer allein mit dem Radio oder der Funkanlage, das fällt mir ehrlich gesagt schwer."

„Und warum machst du den Job dann?"

„Hineingeboren. Mein Vater hat mir den Betrieb überschrieben. Meist sitze ich ja im Büro, aber wenn ein Fahrer ausfällt und wir keinen Ersatz finden, muss ich eben selbst ran."

Monika nickte. „Dann bist du also Unternehmer."

„Du sagst das, als ob ich gebrandmarkt wäre!" Er sah sie grinsend an.

„Tut mir leid, aber von Spediteuren habe ich nicht unbedingt die beste Meinung. Ich arbeite seit zwei Jahren auf dem LKW und hatte in der Zeit drei Chefs. Einer war schlimmer als der andere. Mal ein paar Stunden länger fahren, als erlaubt, mal ein paar Geschwindigkeitsbeschränkungen übertreten, das muss schon drin sein! Und ob du zu Hause ein kleines Kind hast, dass Weihnachten mit dir feiern will, ist denen egal. Spurst du nicht wie sie wollen, bitte, dann kannst du ja deine Papiere abholen.“

Erik schob sich das letzte Stück Braten in den Mund und nickte. „Ja, ich kenne diese Rambomethoden. Bei uns kommt das allerdings nicht vor.“

Sie sah ihn mit von Ironie durchtränktem Blick an. „Natürlich. Anwesende sind immer ausgenommen.“

Erik seufzte. „Vorurteile hast du wohl gar nicht!“ Er deutete auf ihren Wein. „Ist der gut?“

„Ganz in Ordnung.“

„Okay, dann hol ich mir auch ein Glas.“

Er verschwand und kam nach einer Weile mit Wein und zwei Tassen Espresso zurück. „Hoffe, du sagst nicht nein.“ Er stellte ihr eine der Tassen hin. Seine blauen Augen strahlten sie an.

„Kaffee ist meine große Schwäche“, gab sie zu.

„Und warum arbeitest du in dem Job, wo er dir doch so gar nicht gefällt?“

„War eigentlich Busfahrerin, aber ich wurde entlassen. Ich habe ein Kind, einen sechsjährigen Sohn, und keinen Vater dazu. Irgendwie muss ich uns ja ernähren.“

Erik rührte in seinem Espresso. „Und wo ist der Kleine, wenn du unterwegs bist?“

„Bei meinen Eltern. Wir wohnen bei ihnen. Ohne sie wäre ich verloren.“ Sehnsucht und Traurigkeit schwang in Monikas Stimme mit.

Erik sah sie nachdenklich an. „Braunschweig, da fährst du noch mindestens acht Stunden, vorausgesetzt, es gibt keine Staus und die Straßen sind frei. Schaffst du das überhaupt rechtzeitig, bis das Christkind kommt?“

Als sie nun aufsah, glänzten ihre Augen verdächtig. „Wie du schon sagtest: Wenn alles gut geht, schaffe ich es. Aber bei dem Wetter...“ Sie starrte aus dem Fenster. „Dabei habe ich Philipp hoch und heilig versprochen, pünktlich zu sein. Und das Schlimmste ist: Ich habe sein Geschenk im Truck. Einen großen Legobaukasten. Ich habe ihn gestern in Ungarn gekauft, denn dort bekam ich ihn ein ganzes Stück günstiger.“

„Dann liegt also auch kein Geschenk für ihn unterm Baum, wenn du nicht rechtzeitig zur Bescherung kommst?“

„Doch, ein Schlitten und eine Märchenkassette, die Geschenke meiner Eltern. Die goldene Gans. Das ist sein Lieblingsmärchen. Kennst du es?"

Erik schüttelte den Kopf.

„Da bekommt der Dummling eine goldene Gans, und wer sie anfasst bleibt daran kleben. Natürlich will jeder mal die Gans anfassen, und so folgen dem Dummling am Ende eine ganze lange Reihe Leute, die ihm nützlich sein können und helfen, die Prinzessin zu erobern." Monika lächelte, war dann aber plötzlich wieder ernst. „Doch sonst bekommt er nichts. Wir wollen Weihnachten nicht mit Geschenken überfrachten. Lieber singen wir mit ihm und tollen im Schnee und lesen ihm Märchen vor."

Erik hatte den Kopf in die Hand gestützt und Monika gedankenversunken angesehen. „Ja", sagte er, „so hätte ich mir meine Kindheit auch gewünscht. Aber meine Mutter war sehr krank, und mein Vater immer unterwegs. Ein Geschenk kaufen war da einfacher."

Monika nahm ihren letzten Schluck Wein und sah auf die Uhr. „Es wird Zeit, ich lege mich hin."

Sie stand auf, schlüpfte in ihre Jacke und nahm ihre Mappe vom Tisch. Erik reichte ihr die Hand zum Abschied. Sie nahm sie und lächelte ihn an. „War ja doch ganz nett mit dir", sagte sie. „Als denn, gute Fahrt, und frohe Weihnachten!"

„Ja, dir auch!" Er lächelte mit einem tiefen Blick in ihre Augen. „Und übrigens, außer Erik heiße ich noch Leinweber, und ich komme aus Hannover. Ist gar nicht so weit von Braunschweig entfernt. Ich meine, falls du mal einen Job brauchst."

Sie öffnete den Mund und schloss ihn wieder. Dann nickte sie. „Ich werde es mir merken."

Als sie draußen am Fenster vorbeiging, winkte er ihr nochmals zu, und sie dachte: „Wenigstens deine Telefonnummer hättest du ihm ja geben können, du dummes Fleckvieh!"

Verschlafen kletterte Monika aus ihrem Truck und ging zum Waschraum. Danach ließ sie sich im Rasthaus ihre Thermoskanne mit Kaffee füllen und nahm zwei Brötchen mit, die sie sich im Truck mit Butter und selbstgekochter Marmelade bestrich.

Während sie frühstückte, rief sie Philipp auf dem Handy an. Prompt meldete er sich. „Hallo, Mami!", begrüßte er sie. „Ich habe schon versucht, dich auf dem Funkgerät zu erreichen, aber du bist noch zu weit weg. Und auf dem Handy hast du dich nicht gemeldet."

„War mich waschen und Zähne putzen, mein Schatz, das Handy hatte ich im Truck gelassen!"

„Wo bist du denn gerade?"

„Auf einer Raststätte, die Gerfried heißt."

„Ist das noch weit weg?", fragte er.

„Ja, leider noch ziemlich weit."

„Und schaffst du's dann rechtzeitig, bis der Weihnachtsmann kommt?"

Monika sah hinaus. Es schneite schon wieder, auf den Dächern der Autos lagen mindestens 15 Zentimeter Neuschnee. „Ich werde es versuchen."

„Das sagst du immer, wenn's dann doch nicht klappt!" Seine Stimme klang enttäuscht.

Sie seufzte. „Weißt du, für das Wetter kann ich nichts. Hast du mich trotzdem lieb?"

„Ja schon", murrte er.

„Vielleicht schaffe ich es ja doch! Ich versuche es. Halte mir ganz fest die Daumen."

„Okay. Und ich bete zu Petrus, und sag ihm, dass er mit dem Schneemachen aufhören soll."

„Gut, mein Sohn."

„Und wenn du nah genug bist, dann funkst du mich an!"

„Versprochen." Sie schickte ihm ein paar Küsse durchs Handy, dann legte sie auf.

Als sie zehn Minuten später von der Raststätte fuhr, kam sie an Erik Leinwebers Lastwagen vorbei. Er überprüfte gerade die Plane und zurrte sie fest. Sie hupte. Er sah auf und winkte ihr nach, dann reihte sie sich in den Verkehr ein.

Der Unfall musste gerade erst passiert sein. Von ihrem Führerhaus aus konnte sie sehen, wie etwa 50 Meter vor ihr ein Lastwagen quer stand und ein ganzes Arsenal Bierkästen und zerbrochene Flaschen über beide Fahrbahnen verstreut lagen. Und immer noch schneite es!

Monika seufzte. Zwei Kilometer vorher hätte es eine Ausfahrt gegeben, und sie hätte die letzten 40 Kilometer über Land fahren können. Aber jetzt saß sie fest und bis die Unfallstelle geräumt sein würde, würde es mindestens eine Stunde, wahrscheinlich länger dauern.

Sie sah auf die Uhr. Es war 15 Uhr 50. Um 16 Uhr sollte eigentlich Bescherung sein. Seufzend schaltete sie den Funk ein, um ihrem Sohn die traurige Nachricht zu übermitteln. Bestimmt saß er schon mit seinem Großvater am Mikrofon und wartete darauf, dass sie sich meldete.

Sie drehte an den Knöpfen. Es rauschte gehörig, und wie immer trieben sich auf ihrer Frequenz auch einige andere Funker herum. Es herrschte ein richtiges Funkchaos, und die Stimmen purzelten durcheinander, wie die Bälle in einem Lottoziehungsgerät!

Monika versuchte es trotzdem: „Hallo, hier Goldene Gans an Nest - bitte melden!"

Prompt kam die Antwort: „Hier Nest an Goldene Gans - hallo Mami, wo bist du denn gerade?“

„Knapp an Heimstedt vorbei, Opa soll dir's auf der Karte zeigen.“

Einen Moment war es still. Dann meldete sich Philipp wieder. „O.K., ich hab's gesehen - das ist ja gar nicht mehr so weit weg!“

„Nein, weit ist es nicht mehr, aber es ist etwas passiert. Ein Unfall. Lauter Bierkästen liegen auf der Autobahn, und bevor wir weiterfahren können, vergeht mindestens eine Stunde.“

„Wann bist du denn dann zu Hause?“, fragte Philipp verzagt.

„Bis ich auf dem Hof bin, den Truck abgespritzt und das mit den Papieren erledigt habe, und dann noch der Weg nach Hause - ich fürchte, es wird mindestens acht Uhr sein.“

„Noch sooo lange! Du bist gemein Mami, ganz schön gemein! Du hast mir versprochen, dass du rechtzeitig ...“

Plötzlich mischte sich eine andere Stimme in das Gespräch. Sie war dunkel und klang samtweich, und irgendwie kam sie Monika bekannt vor.

„Hallo, hier ist der Nikolaus! Hallo, Philipp, kannst du mich verstehen?“

Eine Weile war es still. Sogar die anderen Stimmen, die bis jetzt im Hintergrund zu hören gewesen waren, schwiegen auf einmal.

„Der Nikolaus ganz persönlich?", fragte Philipp, und es entfuhr ihm ein Ausruf des Staunens: „Bo, echt?"

„Ja, richtig. Sag mal, warst du auch immer brav?"

„Ich glaube schon." Plötzlich klang die Stimme des Kleinen gar nicht mehr so selbstsicher wie eben noch.

„Aber was mir da gerade zu Ohren gekommen ist, ich meine, dass du zu deiner Mami sagst, sie ist gemein, finde ich nicht so gut. Weißt du eigentlich, was für eine großartige Mami du hast?"

„Ja, weiß ich ..." Das kam so leise, dass es kaum noch zu hören war.

„Soll ich dir mal erzählen, was sie heute Morgen getan hat? Sie fuhr auf einen Parkplatz, und dort sah sie mich, wie ich verzweifelt nach meinem Schlitten suchte. Es war so viel Schnee gefallen, dass ich ihn gar nicht mehr finden konnte. Er war einfach zugeschneit. Und da hat sie mir geholfen, ihn zu suchen. Und als wir ihn gefunden hatten, hat sie einfach die Deichsel an ihren Truck gehängt und hat ihn aus dem Schneehaufen gezogen. Deine Mami ist eine wunderbare, tapfere Frau, die sehr viel arbeitet, damit es dir gut geht. Und wenn du sie wirklich liebhast, dann solltest du ihr sehr, sehr dankbar sein."

„Aber ich habe sie doch wirklich lieb! Ich habe sogar ein Gedicht für sie gelernt. Soll ich es dir mal aufsagen?" Der Respekt in Philipps Stimme war nicht zu überhören.

„Na gut- hoho! Leg los!"

Eine Weile war es still, dann sagte Philipp: „Es war einmal ein Mann, der hatte keinen Kamm. Da ging er hin und kaufte sich einen - da hatte er einen!"

Der Nikolaus machte seltsame Geräusche. Es klang, als hätte er sich verschluckt und musste husten. Dann räusperte er sich hoheitsvoll. „Das war wirklich ein sehr schönes Gedicht, Philipp. Weißt du übrigens, dass die Kinder in Amerika erst am Morgen des ersten Weihnachtsfeiertages ihre Geschenke bekommen?"

„So spät erst?" Philipp war hörbar entsetzt.

„Na, überleg dir doch mal, wie ich sonst die ganze Arbeit schaffen sollte. Alle Kinder der Welt an einem Abend, das ist ganz und gar unmöglich!"

„Dann hab' ich aber Glück, dass ich nicht in Amerika wohne."

„Das kann man wohl sagen. Also, Philipp, versprichst du mir ganz brav zu warten, bis deine Mami nach Hause kommt, und dann ganz lieb zu ihr zu sein?"

„Ich versprech's", sagte Philipp aus tiefstem Herzen.

„Und nie mehr zu sagen, sie ist gemein?"

„Nie mehr", antwortete er kleinlaut.

„Na gut. Wenn du etwas versprichst, dann hältst du es auch, nicht wahr?"

„Ja, Herr Nikolaus – mach's gut! Und pass auf, dass dein Schlitten nicht wieder eingeschneit wird. Zumindest, wenn meine Mami gerade nicht da ist."

„In Ordnung - auf Wiederhören, Philipp."

„Auf Wiederhören, Herr Nikolaus."

Philipp war so beeindruckt, dass er das Funkgerät abschaltete, ohne noch einmal den Versuch zu unternehmen, mit seiner Mami in Kontakt zu kommen.

Erst jetzt wurde es Monika bewusst - alle Stimmen, die sonst wie ein Bienenschwarm über den Funk schwirrten, waren verstummt. Alle hatten sie still zugehört, neugierig, was der Nikolaus dem kleinen Jungen zu sagen hatte.

Nach einer Weile krachte und rauschte es wieder im Funk, und die Stimme des Nikolauses war noch einmal zu hören.

„Himmel an Goldene Gans - hörst du mich?"

„Ja, ich hör dich, Nikolaus."

„Ich fand den gestrigen Abend mit dir sehr schön und würde mich freuen, wenn ich dich einmal wiedersehen dürfte. Solltest du mich doch einmal anrufen möchten, meine Telefonnummer ist 888143. Und die Vorwahl - na ja, die für den Himmel eben.“

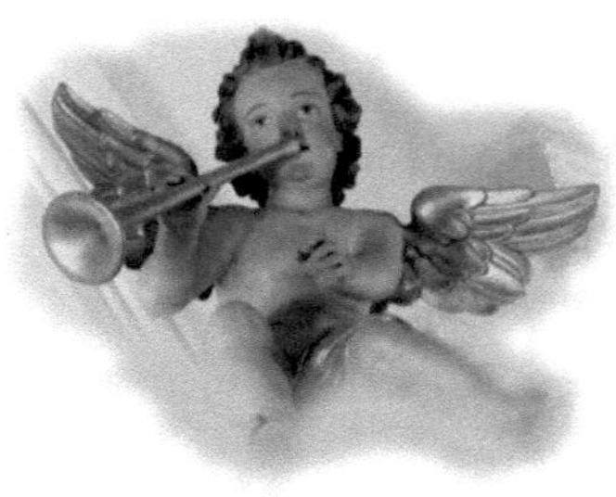

Friedchen, Ossi und Frau Janusch

Es war eine klirrend kalte Nacht. Der Schnee knirschte unter Anjas Füßen, und ihr Atem fror beinahe an ihrer Nase fest. Zu kalt eigentlich, um rauszugehen, aber Ossi musste seine Runde drehen. Schnüffelnd lief er hin und her, hob mal hier das Bein, grub mal dort ein Loch und lief wieder weiter.

Je näher sie dem Haus an der Gartenstraße Nummer 3 kamen, desto aufgeregter wurde er. Dort lebte eine alte Dame mit ihrer Pudel-Mischlingshündin. Die alte Dame hieß Frau Janusch, die Hündin Friedchen. Frau Janusch war klein, zierlich und immer ordentlich gekleidet, ihre silbergrauen Haare trug sie aufgesteckt. Friedchen hingegen hatte wirre hellbraune Löckchen und ein süßes, freches Grinsen im Gesicht, das Ossi offensichtlich gut gefiel. Denn wenn Anjas und Ossis an Frau Januschs Garten vorbeikamen, dann begrüßte der Rüde die Hündin winselnd und küsste sie und leckte ihr die Ohren.

Friedchen nahm Ossis Liebesbezeugungen gelassen hin. Auch wenn sie nicht so ordentlich frisiert war, wie ihr Frauchen, so war sie doch ganz Dame. Sich einem Kerl schamlos an den Pelz zu werfen, kam ihr nicht in den Sinn.

Als die beiden heute Nacht um die Ecke bogen, stand Friedchen wie immer am Zaun, doch von Frau Janusch war weit und breit nichts zu sehen. „Nanu?" Anja griff durch die Latten, um Friedchen zu kraulen. „Wo hast du denn dein Frauchen gelassen?"

Friedchen lief ein paar Meter in den Garten hinein, jaulte leise, kam wieder zurück. Sonst die Gelassenheit in Hundeperson, wirkte sie heute aufgeregt und ungeduldig.

„Frau Janusch!", rief Anja über den Zaun. Doch nichts rührte sich.

Friedchen fing an zu bellen.

„Frau Janusch!", rief Anja wieder.

Im Haus brannte Licht. Anja erinnerte sich, dass Frau Janusch vor zwei Tage erzählt hatte, dass ihr Sohn, ihre Schwiegertochter und ihr Enkel an Weihnachten für ein paar Tage zu Besuch kommen wollten. Doch dann hatten sie wohl abgesagt, denn gestern, am Heiligen Abend, stand Frau Janusch wie immer alleine am Gartenzaun. Aber vielleicht waren sie ja jetzt gekommen? Vielleicht saßen sie alle zusammen fröhlich bei Tisch und hatten den Hund im Garten vergessen?

„Frau Jaaaa-nusch!"

Anja drückte gegen das Tor, es sprang ohne weiteres auf. Sie betrat das Grundstück und folgte Friedchen. An der Haustür klingelte sie mehrmals, doch es wurde nicht geöffnet. „Seltsam!“

Friedchen verschwand plötzlich im Dunklen. Anja ging ihrer Spur nach und fand sie auf der Terrasse. Hier stand die Tür einen Spaltbreit offen. Und dann sah sie plötzlich Frau Janusch - leise wimmernd lag sie auf dem Boden.

„Ach, Herrje, Frau Janusch!“ Anja kniete neben ihr nieder.

„Bin gestürzt. Kann nicht mehr aufstehen.“ Frau Januschs Stimme klang weinerlich. „Es tut so weh!“

Anja sah sich nach dem Telefon um. „Ich rufe den Krankenwagen.“

„Den Krankenwagen? Ach nein, ich will nicht ins Krankenhaus! Vielleicht kommen sie ja noch, mein Sohn, Sonja und Christian! Gestern wollten sie schon kommen und heute wieder. Bestimmt haben sie mich vergessen. Sie lassen mich alleine, immer lassen sie mich alleine!“

Frau Janusch versuchte aufzustehen.

„Sie müssen liegen bleiben, Frau Janusch. Ich bringe Ihnen eine Decke und ein Kissen.“

Anja deckte die alte Dame zu, dann rief sie den Notarzt.

„Moritz müssen Sie auch anrufen", wimmerte Frau Janusch.

„Wer ist Moritz?"

„Mein Sohn."

Anja suchte in Frau Januschs Adressbuch, fand eine Handynummer notiert, hinter der der Name Moritz Janusch stand. Sie wählte die Nummer, aber es meldete sich nur die Mailbox.

Endlich kam der Notarzt.

„Vermutlich ein Oberschenkelhalsbruch. Wir bringen sie ins Städtische. Sind Sie die Tochter?"

„Nein, ich wohne hier in der Straße, ich kenne Frau Janusch kaum. Sie scheint einen Sohn zu haben. Ich konnte ihn noch nicht erreichen, aber ich kümmere mich darum."

Anja rief Moritz Janusch noch einmal an und sprach auf die Mailbox: „Ihr Mutter ist gestürzt und hat einen komplizierten Bruch. Sie liegt im Städtischen."

Am nächsten Nachmittag fuhr Anja ins Krankenhaus. „Na, endlich kümmert sich jemand um Frau Janusch!" Die Schwester sah Anja ärgerlich an.

„Wieso? War ihr Sohn noch nicht hier?"

„Niemand war hier. Aber sie spricht ständig von einem Moritz, und dass er sie alleine gelassen hat, und dass sie sich um Friedchen sorgt. Sind Sie Friedchen?"

„Nein, das ist ihr Hund. Ich habe ihn mit zu mir genommen."

Frau Janusch wirkte verwirrt. „Friedchen muss in den Garten gelassen werden! Moritz soll das Haus nicht verkaufen!"

„Friedchen ist bei mir, Frau Janusch, sorgen Sie sich nicht."

„Aber wenn Moritz das Haus verkauft, dann muss ich zu meinem Mann auf den Friedhof ziehen."

„Ganz ruhig, Frau Janusch, das wird nicht passieren."

Auf dem Nachhauseweg fuhr Anja bei Frau Janusch vorbei, suchte nach dem Adressbuch und rief noch einmal diesen Moritz an. Es war wieder nur die Mailbox dran. „Zum Teufel!", zischte sie. „Warum kümmert er sich denn nicht um seine Mutter!"

Es war am Silvestermorgen, Anja besuchte Frau Janusch wieder einmal im Krankenhaus. Diesmal saß ein Mann an ihrem Bett, der etwa in Anjas Alter war - Ende dreißig, groß, blond, eine sportliche Figur. Als Anja ins Zimmer trat, stand er auf und stellte sich vor. „Moritz Janusch, ich bin ..."

Weiter kam er nicht, denn Anja fiel über ihn her, wie eine wildgewordene Katze. „Der Sohn, ja, ich weiß! Wird aber auch Zeit, dass Sie sich endlich mal um Ihre Mutter kümmern! Weihnachten sind Sie nicht gekommen, obwohl Sie es doch versprochen hatten! Das Haus wollen Sie einfach verkaufen - und wenn die alte Dame mal krank ist und Ihre Hilfe braucht, dann scheren Sie sich einen Teufel darum. Wissen Sie, solche Leute habe ich dick bis oben hin!“

„Ach - und ich kann Menschen wie Sie nicht leiden, die ohne nachzufragen über andere urteilen und blindlings um sich schlagen!“

Anja schnappte nach Luft. „Das ist also der Dank dafür, dass ich mich vier Tage um Ihre Mutter gekümmert habe, obwohl ich sie kaum kenne, und darüber hinaus für Friedchen sorge?“

Die Krankenschwester betrat das Zimmer. „Also, ich bitte Sie! Dies ist ein Krankenhaus, hier wird nicht herumgeschrien!“

Anja bedachte Moritz Janusch mit einem Messerscharfen Blick, machte auf dem Absatz kehrt und ging.

Eigentlich wollte Anja bei Freunden Silvester feiern, aber die Lust zum Feiern war ihr vergangen. Außerdem hatte sie immer noch Friedchen zu Besuch. Zwar nahm Ossi das Geknalle an Silvester gelassen hin, aber sie wusste nicht, wie Friedchen sich verhalten würde. Alleine lassen konnte sie die Hunde deshalb nicht. Also sagte sie ab, kaufte eine Flasche Sekt und zwei große Kauknochen und richtete sich darauf ein, mit zweimal vier Pfoten zu feiern.

Gegen zweiundzwanzig Uhr drehte sie mit Ossi und Friedchen die übliche Runde, die sie auch an Frau Januschs Haus vorbeiführte.

Zu ihrem Erstaunen brannte im Wohnzimmer Licht. Vermutlich war Moritz da - obwohl sich Anja das eigentlich nicht vorstellen konnte. Einer wie der hatte Silvester bestimmt etwas Besseres vor, als das Haus seiner alten Mutter zu hüten. Aber vielleicht nutzte er ja die Gelegenheit, und räumte schon mal aus, was zu verscherbeln war.

Schon wieder kochte die Wut in ihr hoch. Sie verspürte plötzlich eine unbändige Lust, sich mit diesem Moritz anzulegen! „Wir klingeln", sagte sie zu den Hunden und drückte auch schon auf den Knopf.

Als Moritz erschien, vollführte Friedchen einen wahren Freudentanz. „Verräterin!", zischte Anja.

Sie ließ sie von der Leine. Friedchen drehte Saltos in der Luft und überschlug sich förmlich.

„Ah, der Kratzbesen!", begrüßte Moritz Anja.

Sie sah ihn giftig an. „Wollte mich nur vergewissern, dass kein Fremder das Haus ausräumt. Bei Ihnen kann ich ja leider nichts dagegen tun."

„Wie kommen Sie darauf, ich würde Lenas Haus ausräumen?"

„Sie jedenfalls befürchtet es - na ja, wenn Sie schon mal hier sind, dann kann ich wohl Friedchen bei Ihnen lassen. Oder wollen Sie sich um den Hund auch nicht kümmern?"

Moritz klappte den Mund auf und wieder zu. Er nahm Anja die Leine aus der Hand und schlug die Gartentür zu.

Als Anja mit Ossi weiterging, jammerte Friedchen hinter dem Zaun, und auch Ossi winselte.

Anja seufzte. „Ist besser, ihr gewöhnt euch nicht zu sehr aneinander." Bald würde ihr Urlaub zu Ende sein, und zwei Hunde konnte sie nicht mit zur Arbeit nehmen.

Wieder zu Hause, richtete sie sich eine Platte mit Oliven, Käse und anderen Leckereien und holte den Sekt aus dem Kühlschrank. War zwar noch gut eine Stunde bis zwölf, aber alleine würde sie für die ganze Flasche eine ganze Weile brauchen! Und sie war fest entschlossen, die Flasche auszutrinken - anderenfalls hätte sie kein Glück im Neuen Jahr.

Sie setzte sich mit Ossi aufs Sofa, schaltete das Fernsehgerät ein und zappte ein wenig. Irgendwo kam Dinner for one, aber diesmal konnte sie gar nicht darüber lachen. Im Gegenteil, immerzu hatte sie Frau Janusch vor Augen. Sie stellte sich vor, wie dieser Unhold von Sohn sich über ihre Sachen hermachte und seine Mutter womöglich schon bald in ein Pflegeheim abschob. Dabei sah er doch eigentlich recht sympathisch aus. Typ großer Junge mit großem Herzen - nichts als Fassade!

Sie schob sich gerade ein Scheibchen Parmaschinken in den Mund, als es klingelte. Vor Staunen vergaß sie zu kauen. Sie stand auf, ging zur Tür, um einen Spalt breit zu öffnen.

„Sie?" Mit Moritz Janusch hatte sie nun wirklich nicht gerechnet.

„Ich habe Licht gesehen, hoffentlich störe ich nicht."

„Doch, tun Sie!"

Er lächelte ergeben und hielt eine Flasche Sekt hoch. „Ich wollte Ihnen ein Friedensangebot machen!"

„Tut mir leid, aber ich habe kein Interesse."

Er biss die Zähne zusammen und zählte offenbar bis zehn, bevor er antwortete: „Dann haben Sie wenigstens Mitleid mit Friedchen - sie jammert in einem fort. Sie scheint Liebeskummer zu haben." Wie um es zu beweisen, ließ er sie von der Leine.

Ab war sie, in Anjas Wohnung, wo sie mit Ossi Purzelbäume schlug.

Anja seufzte. „Also gut, kommen Sie rein." Sie ging voraus ins Wohnzimmer, bot Moritz Platz an, holte ein zweites Glas und goss ein. „Bitte, bedienen Sie sich. Anstoßen möchte ich lieber nicht mit Ihnen."

„Sind Sie eigentlich immer so ..." - so zickig wollte er sagen, schluckte es jedoch runter.

„So wie?"

„So voller Vorurteile. Ich möchte Ihnen etwas erklären."

„Ach, lassen Sie doch!"

„Nein, ich bestehe darauf. Ein paar Minuten zuhören kann nicht zu viel verlangt sein!" Seine Augen blitzten. „Lena ist nicht meine Mutter", sagte er nachdem er tief Luft geholt hatte, „sie ist meine Großtante. Ihr Sohn, Moritz Janusch, war mein Patenonkel. Er starb vor fünfzehn Jahren bei einem Autounfall. Seine Frau und sein Sohn Christian sind zwei Jahre später nach Australien ausgewandert und haben sich nie wieder gemeldet."

Moritz beobachtete mit Genugtuung, wie sich steile Falten auf Anjas Gesicht zeigten. Nun begriff sie wohl endlich, wie ungerecht sie sich ihm gegenüber verhalten hatte.

„Lena hat das alles nur schwer verkraftet“, fuhr er fort. „Vor etwa zwei Jahren fing sie an, dement zu werden. Ich habe mich um sie gekümmert, so gut es ging. Aber es wird immer schlimmer mit ihr, und wie man sieht, kann man sie in dem großen Haus nicht mehr alleine lassen. Ich weiß nicht, was Lena Ihnen erzählt hat, aber vermutlich hat es wenig mit der Realität zu tun. Sie lebt in ihrer eigenen Welt und erfindet Geschichten, an die sie glaubt.“

Anja sah beschämt zu Boden. „Oje, da habe ich Ihnen ja wirklich Unrecht getan!“

„Ja, das haben Sie. Sie sind eine richtige Furie und verdammt selbstgerecht!“ Er schmunzelte, als sie rot wurde und kam wieder auf Frau Janusch zurück. „Weil man sich ja um Lena kümmern muss, habe ich nach ihrer Schwiegertochter und ihrem Enkelsohn gesucht. Ich besitze keinerlei Vollmachten, wie soll ich Lena da helfen? Letzte Woche fand ich endlich heraus, wo Sonja und Christian wohnen. In East Kimberley, in einem Ort namens Kununurra. Ich rief an, doch sie wollten nicht mit mir reden. Also beschloss ich, sie aufzusuchen. Zwei Tage vor Weihnachten flog ich nach Australien, und dort hat mich Ihr Anruf erreicht.“ Er seufzte. „Vielleicht verstehen Sie jetzt, warum ich nicht postwendend hier sein konnte. Und benachrichtigen konnte ich Sie auch nicht, weil Sie Ihre

Nummer unterdrückt hatten und ich nicht wusste, wie Sie heißen und wo Sie wohnen. Das habe ich heute erst von Lena erfahren, als sie einen lichten Moment hatte und sich an Ihren Namen erinnerte."

„Hm", machte Anja und schluckte an dem Kloß in ihrem Hals. „Es war wirklich dumm und gemein von mir, so über Sie herzufallen."

Moritz lächelte. „Gut, dass Sie es einsehen - vielleicht sind Sie jetzt doch bereit, mit mir anzustoßen? Und mir zu verzeihen?"

„Ja", sagte Anja. Sie hob ihr Glas. „Und was wird nun aus Frau Janusch?"

„Sonja gab mir alle Vollmachten. Von einem Notar unterschrieben und beglaubigt. Sie und ihren Sohn verbindet nichts mehr mit Deutschland. Sie verzichten auf ihr Erbe, wenn ich mich im Gegenzug um Lena kümmere. Ich werde bei Lena einziehen, so spare ich mir die Miete. Zusammen mit Lenas Rente wird das Geld für eine Haushälterin reichen, die für Lena sorgen kann, wenn ich zur Arbeit bin."

„Das ist eine gute Lösung." Anja goss den Rest aus der Flasche in die Gläser. „In einer Minute ist es zwölf", sagte sie mit Blick auf die Uhr. „Kommen Sie, wir gehen nach draußen!"

Als sie auf dem Balkon standen, knallten schon die ersten Feuerwerkskörper und versprühten ihr Licht am Himmel. Anja und Moritz stießen an. „Auf ein gutes Neues Jahr!"

„Bestimmt wird es gut werden, in so reizender Nachbarschaft", sagte Moritz, und da war so ein Blitzen in seinen Augen, das Anjas Puls höher schlagen ließ.

Sie lachte. „Eben noch nannten Sie mich Furie!"

„Och", antwortete er, „wer weiß, vielleicht mag ich solche Kratzbürsten ja."

Eine Reihe von Böllerschüssen war zu hören. Drinnen im Wohnzimmer jaulte Friedchen vor Angst. Anja und Moritz setzten sich aufs Sofa, nahmen sie zwischen sich, streichelten sie und hielten sie fest.

Moritz griff plötzlich nach Anjas Hand. „Und morgen besuchen wir Lena", sagte er.

Stachelige Grüße vom Weihnachtsmann

Maximilian konnte es nicht ausstehen, wenn man ihn Mäxchen nannte, und doch rutschte es immer mal wieder jemandem heraus. Er war eben erst fünf, und die meisten Erwachsenen fanden ihn zum Knuddeln süß - vorausgesetzt, er hatte nicht gerade seine schwierigen fünf Minuten, was in letzter Zeit immer öfter vorkam.

Olaf, der nette Sanitäter, der vor einem halben Jahr gegenüber eingezogen war, hatte das mit dem Namen allerdings nicht gewusst und Maximilian prompt Mäxchen genannt. Was zur Folge hatte, dass Maximilian ihn nicht ausstehen konnte, was wiederum Beate, seine Mama, äußerst schade fand - denn ihr gefiel Olaf ausgesprochen gut, und das beruhte durchaus auf Gegenseitigkeit!

Es war am Heiligabend gegen Mittag, als eine Verkettung unglücklicher Zufälle schnurstracks in ein unerwartetes Happyend führte ...

Beate passierte ein kleiner Unfall auf dem Bernauer Ring. Gefrorener Schneematsch hatte die Straße zur Seifenrutschbahn werden lassen, sie war auf ein Auto gefahren, das plötzlich gestoppt hatte. Darum kam sie nicht zur festgelegten Zeit nach Hause, und Maximilian stand vor verschlossener Tür.

Frau Brettschneider, zu der er notfalls gehen konnte, war auch nicht da, und so blieb ihm nichts Anderes übrig, als sich vor dem Haus herumzutreiben. Dort stand auf einer Grünfläche neben Frau Brettschneiders Garten eine kleine Blautanne, die jetzt ein hübsches weißes Kleid trug. Denn seit heute Morgen schneite es, wenn auch nicht in dicken Flocken, sondern in winzigen, weißen, zu Kristallen gefrorenen Klümpchen.

Gelangweilt zupfte Maximilian an den Ästen, dass es auf ihn herabrieselte. Er formte kleine klebrige Schneebälle, die in seinen Händen zu Eiskugeln wurden und warf sie gegen die Hauswand. Schließlich bückte er sich, um Schnee vom Boden zu kratzen - und da sah er ihn! Ein Igel saß unter dem Baum!

„Wow!", rief Maximilian und kombinierte: Wenn ein Igel am 24. Dezember unter einer Tanne saß, dann konnte es sich nur um das ersehnte vierbeinige Weihnachtsgeschenk handeln, das ihm der Weihnachtsmann endlich bringen sollte! Ist doch logisch oder? „Super", rief Mäxchen - Verzeihung 'Maximilian' - „boh, voll Geil!"

Begeistert versuchte er den Igel aufzunehmen, aber die Stacheln piksten, deshalb ließ er ihn gleich wieder los.

Im selben Moment kam Olaf vorbei. „Hi, Max!" Inzwischen wusste auch er, dass 'Mäxchen' verboten war, denn Maximilian hatte ihm damals ordentlich die Meinung gegeigt.

„Hm", grummelte Maximilian und sah den ungeliebten Nachbarn sehr von oben herab an.

Jetzt bemerkte auch Olaf den Igel. „Ja, was hast du denn da?"

„Einen Igel", gab Maximilian unwirsch Auskunft. „Vom Weihnachtsmann."

„Ach!" Olaf kratzte sich hinterm Ohr. „Normalerweise halten Igel um diese Zeit Winterschlaf. Wach werden sie nur, wenn sie im Herbst zu wenig Futter fanden, und dann sieht es leider schlecht für sie aus."

„Meinst du?"

„Weiß ich sicher. Er braucht Futter!"

„Dann hat ihn mir der Weihnachtsmann bestimmt gebracht, damit ich mich um ihn kümmere!"

Olaf nickte bedeutungsvoll. „Durchaus möglich."

„Was fressen Igel denn?"

„Schnecken vor allem. Käfer und so weiter. Viele Leute behaupten, dass sie auch Obst mögen, aber das ist ein Irrtum. Igel sind Fleischfresser."

Jetzt war es Maximilian, der sich hinterm Ohr kratzte. „Schnecken gibt es doch gar nicht im Winter. Das weiß ich von meiner Oma. Die hat einen großen Garten und im Sommer immer eine Schneckenplage.

Sie sagt, dass Beste am Winter ist, dass es dann keine Schnecken gibt!"

Der Igel hatte sich inzwischen zwei Meter Richtung Straße bewegt, und Maximilian wurde unruhig. „Was, wenn der jetzt abhaut!"

Olaf wickelte seinen Schal ab, nahm damit den Igel auf und sagte: „Ist denn deine Mama nicht zu Hause?"

„Nö. Musste noch einkaufen. Weiß auch nicht, wo die bleibt."

„Dann kommst du jetzt erst einmal mit zu mir. Wir packen deinen Igel in einen Karton und besorgen Futter."

„Wo denn?"

„In der Tierhandlung."

Eine Stunde später war der Igel frisch geduscht und gegen Parasiten behandelt, saß in einem Karton, den Olaf und Max mit Heu vom Tierdiscounter ausgelegt hatten, und verzehrte mit Appetit Katzenfutter. „Von jetzt ab musst du ihn gut füttern, damit er ordentlich Speck auf die Rippen bekommt", sagte Olaf.

Draußen hupte es plötzlich, Maximilian lief zum Fenster. Auf der anderen Straßenseite stand Beate neben ihrem demolierten Auto und rief nach ihm.

„Auweia!", sagte Max. „Die Mama hat 'ne Beule!"

Gefolgt von Olaf, der die Igelkiste trug, ging er hinaus.

Beate sah ihrem Sohn erleichtert entgegen. „Da bist du ja! Tut mir leid, dass du so lange warten musstest, aber ich hatte einen Unfall." Ihr Blick ging zu Olaf, ein Lächeln huschte über ihr Gesicht.

„Macht gar nix, ich habe mich inzwischen mit Olaf um mein Weihnachtsgeschenk gekümmert."

Beate zog die Stirn in Falten, und Olaf hob lächelnd den Karton hoch. „Da sitzt ein Igel drin." Er sah sie bedeutungsvoll an.

„Den hat mir der Weihnachtsmann hier unter den Baum gelegt", erklärte Maximilian mit einem Fingerzeig auf die Tanne vor dem Haus.

Beate klappte den Mund auf und wieder zu.

Olaf sagte: „Ihr Sohn hat mir erzählt, dass er sich nichts sehnlicher wünscht als ein Tier, dass Sie aber immer dagegen waren, weil man ein Tier nicht so oft alleine lassen kann."

„Und darum hatte der Weihnachtsmann die Idee mit dem Igel", krähte Maximilian. „Der muss sowieso die meiste Zeit schlafen."

„Ach", sagte Beate, sie räusperte sich ein Grinsen aus dem Gesicht.

„Und Olaf hat mir mit dem Igel geholfen. Wir haben ihn sauber gemacht und entfloht und gefüttert. Und wir haben ihn Iglipi getauft. Außerdem darf Olaf ihn regelmäßig besuchen, weil der mag Igel auch ganz, ganz, ganz gerne!"

„Hm." Beate presste die Lippen zusammen. Sie sah Olaf an, und dann lachte sie. „Also, wenn das so ist, kann der Igel meinetwegen bleiben."

Esmeralda und das Jesuskind

Sie war eine von den Mädchen aus dem Wohnheim für junge Mütter, das vor zwei Jahren auf dem Hügel über dem Dorf errichtet wurde. Esmeralda hieß sie, war hochschwanger, hatte große dunkle Augen und eine Haut wie aus Samt. Im Oktober kam sie zum ersten Mal in die Bäckerei am Marktplatz, bestellte ein Stück Käsesahne und ein Glas Wasser dazu, zählte das Geld auf den Tisch und begann zu essen. Nach jedem Happen legte sie die Gabel nieder und kaute mit so viel Hingabe, dass es Frau Nolde, der Bäckerin, ganz warm ums Herz wurde. Wer ihren Kuchen so schätzte, der hatte einen Stein bei ihr im Brett.

Esmeralda erschien von da an jedem Samstagvormittag in der Bäckerei. Drei Euro fünfzig bezahlte sie, unterm Strich vierzehn Euro im Monat - recht viel mehr 'Taschengeld', besaß sie wohl nicht.

Frau Nolde machte sich so ihre Gedanken über das Mädchen. Immer alleine, die traurigen, großen, schwarzen Augen meist niedergeschlagen, so als ob es sich schämen würde. Und dabei hatte es etwas ... etwas ganz Besonderes! So eine Ernsthaftigkeit, so eine hingebungsvolle Art. So etwas, dass Frau Nolde sie gerne in die Arme geschlossen hätte.

Einmal kam Viktor, der Geselle, mit einem Tablett frisch gebackener Hörnchen aus der Backstube in den

Laden. Esmeralda aß gerade ihren Kuchen. Er sah sie, er verharrte mitten in der Bewegung, starrte sie wie versunken an, bis Frau Nolde sagte: „No ja, wos is', Viktor, du stehst mir im Wege!"

Esmeralda blickte im selben Moment auf und Viktor an. Sie lächelte, Viktor lächelte zurück. Es war nur eine Sekunde, aber Frau Nolde erschien es, als hätten ihrer beider Seelen Flügel bekommen und hätten sich aufgeschwungen, um sich in einem geheimnisvollen Tanz zu umarmen und miteinander zu verschmelzen.

„Wer ist sie?", fragte Viktor, bevor er nach Hause ging.

„Wohl eine aus dem Mütter-Kind-Heim", antwortete Frau Nolde.

„Hm", machte Viktor - die Tür fiel hinter ihm zu.

Es war am 1. Advent, als Frau Nolde Esmeralda eine Tasse Kaffee zum Kuchen stellte. Erschrocken sah das Mädchen sie an. „Aber das kann ich nicht bezahlen!"

Frau Nolde lächelte. „Ist schon recht, geht aufs Haus."

„Danke", sagte Esmeralda, ihr Kinn sank auf die Brust, und Frau Nolde dachte: „Mein Gott, was ist nur mit diesem Mädchen geschehen, dass es so einsam und verlassen ist."

Am Samstag darauf erschien Esmeralda nicht, auch am nächsten und übernächsten wartete Frau Nolde vergeblich. Es machte sie traurig, und der Gedanken, sie könnte Esmeralda vielleicht nie wiedersehen, versetzte ihr einen Stich mitten ins Herz.

Heilig Abend kam. Frau Nolde und ihr Mann, die keine Kinder hatten, feierten wie immer. In ihren besten Kleidern ein gutes Essen, dazu lief im Fernsehen das Weihnachtskonzert, und ihr Hund Sonny kaute selig auf einem Knochen.

„Worüber denkst du denn nach?", fragte Herr Nolde, als seine Frau gar so schweigsam dasaß.

„Ich denk nicht nach", behauptete sie.

„Doch, tust du. Ich kenne dich seit dreiundzwanzig Jahren und weiß wie es aussieht, wenn du nachdenkst."

„No ja, über das Mädchen denk' ich halt nach."

„Die kleine mit dem spanischen Namen?"

Frau Nolde nickte. „Was sie wohl tut, frage ich mich, und wie es ihr geht. Und warum sie in diesem Mutter-Kind-Heim gelandet ist. Vielleicht haben die Eltern sie fortgejagt, weil sie schwanger war. So ein liebes Mädchen!"

„Heutzutage? Wo die Mädels sich alle Freiheiten herausnehmen können?"

„Sonst bräuchte man doch keine Mutter-Kind-Heime!"

„Der Viktor ist auch ganz vernarrt in sie."

Frau Nolde lachte. „Ja, ich weiß."

Zur Mitternachtsmesse gingen die Noldes in die Kirche. Schon beim Betreten fühlten sie diese hektische Spannung, diese Empörung, dieses flüstern und Zischeln wie von Teufelszungen! Und dann ein Blick in die Krippe, und das Entsetzen jagte Frau Nolde einen Schauder über den Rücken - das Jesuskind, das dort jedes Jahr lag, war nicht da!

„Gestohlen", flüsterte ihr Frau Lechner zu, der Küster hat es gesagt.

„Wer wagt denn das! So ein Frevel zu Weihnachten angesichts Gottes in der Heiligen Kirche!"

Das Dorf war stolz auf die Krippe, im 17. Jahrhundert von Bauern geschnitzt. Maria und Josef, fast lebensgroß - und nun knieten sie vor einer leeren Futterkrippe!

Eine tiefe Traurigkeit überfiel alle, eine Fassungslosigkeit sondergleichen. Das war doch kein Weihnachten so! Die Worte des Pfarrers, der von der Geburt des Heilands erzählte, erschien einem wie Hohn, der Glaube an das Gute im Menschen wurde zur Farce!

„Sti-hille Nacht, hei-lige Nacht, alles schläft, einsam ..." Die Stimmen der Gemeindemitglieder klangen dünn und unsicher, und plötzlich rissen sie ab und war ein lautes Schluchzen zu hören. Die Orgel setzte aus, eine unheimliche Stille machte sich breit.

Da waren auf einmal zaghafte Schritte zu hören. Von hinten kam jemand nach vorne, und als Frau Nolde sich umdrehte, erkannte sie Esmeralda. Sie hielt einen Säugling im Arm - ihr Kind. Friedlich schlief es, und Esmeralda lächelte, wie nur eine Mutter lächeln konnte, deren Herz erfüllt war von ihrer großen, reinen Liebe zu einem Kind. Das Mädchen trat vor den Altar, ging tief in die Knie, bekreuzigte sich, legte dann voller Demut ihr Kind in die Krippe und stellte sich vorne neben die erste Bank.

Noch immer war es mucksmäuschenstill. Kein Atmen war zu hören, keiner wagte ein Wort zu flüstern. Alle starrten den Pfarrer an, suchten nach einer Gemütsregung in seinem Gesicht. Was mochte er denken, was mochte er fühlen? Wut, Entsetzen oder ... vielleicht sogar Freude?

Da nickte er, wie es schien nach einer Ewigkeit, auf einmal zur Empore hinauf, hob die Arme, und im selben Moment setzte die Orgel wieder ein, und erklang das Lied noch einmal von vorne: „Sti-hille Nacht, hei-lige Nacht ...“

Die Menschen sangen - doch es hörte sich nicht mehr zaghaft, dünn und falsch an wie zuvor, sondern kam aus vollem Halse.

Frau Nolde wischte sich die Tränen von den Wangen. So ein weihnachtliches Gefühl, so ein Glück ganz tief drinnen, hatte sie lange nicht mehr verspürt, „... aaa-les schläft, einsam wacht ...“

Als der Gottesdienst zu Ende war, nahm Esmeralda ihr schlafendes Kind aus der Krippe, drückte es an sich und strebte mit gesenktem Kopf dem Ausgang zu. Draußen war es kalt, eisiger Regen fiel. Sie breitete ein Tuch über ihr Kind und wollte forteilen, doch die Leute traten vor sie hin, um sich bei ihr zu bedanken.

„Ohne Sie wären wir heute traurig nach Hause gegangen.“

„Kein Auge hätte ich zugetan!“

„Danke für Ihren Mut, und viel Glück für Ihr Kind!“

Auch Viktor war unter den Leuten. „Ich könnte Sie mit dem Auto fahren“, sagte er, „der Regen ist doch nicht gesund für das Kleine.“

Frau Nolde nickte Esmeralda zu. „Das ist eine gute Idee.“ Und dann lachte sie. „Viktor ist es, der die gute Torte backt, die Sie bei mir so oft gegessen haben.“

Er brachte Esmeralda nach Hause, und er fuhr sie auch zur Kirche, als zwei Monate später ihr Töchterchen auf den Namen Christiane getauft wurde. Frau Nolde war die Taufpatin, und während

sie das Kind übers Becken hielt, dachte sie mit einem
Schmunzeln: „No ja, warum sollte nicht auch einmal
ein Mädchen der Messias sein, und sei es nur für eine
Stunde von der Ewigkeit …“

Fatmas Weihnachtsbaum

Es war an einem Montag - genauer gesagt am Montag, den 14. Dezember. Da erstrahlte hinter einer der Balkontüren von Haus Nummer 19 in der Wiesenstraße plötzlich ein Weihnachtsbaum in vollem Glanz.

„Boh!", machte Simon und blies die Wangen auf. „Das ist aber ein Riesen Extemplar!"

„Exemplar", verbesserte Lina und zog ihrem kleinen Bruder in mütterlicher Fürsorge den Schal enger um den Hals.

Sie war sieben, er fünf Jahre alt. Zwei Jahre Altersunterschied, das machte schon was aus! Immerhin ging sie bereits in die erste Klasse, er noch in den Kindergarten.

Zu zweit standen sie also auf der Straße und starrten auf den Weihnachtsbaum, der hinter dem großen Balkonfenster der Riecherts stand.

„Aber es ist doch noch gar nicht Weihnachten!", sagte Simon. Es klang erstaunt und auch ein wenig ärgerlich, denn er fand es ungerecht, dass der Weihnachtsmann den Riecherts schon so lange vor Weihnachten den Weihnachtsbaum brachte, Simon selbst aber noch zehn Tage warten musste.

Lina zuckte die Schultern. Sie hatte von einer Schulfreundin gehört, dass deren Eltern den Weihnachtsbaum selbst kauften, und zwar schon vier Wochen vor Weihnachten. „Da bekommt man noch die schönsten!", hatte sie ihr erklärt.

Aber bei Lina und Simon brachte den Weihnachtsbaum der Weihnachtsmann - das war immer so gewesen und würde bis in alle Ewigkeit so bleiben.

Am Sonntag hatten auch die Friedrichs im vierten Stock einen Weihnachtsbaum, und wie bei allen Leuten im Haus, stand er vor dem großen Balkonfenster. „Dort ist er einem halt am wenigsten im Weg", hatte Simons Mutti erklärt. „Im Winter muss ja niemand auf den Balkon."

Aber Simon hatte eine andere Erklärung: „Es ist für den Weihnachtsmann am einfachsten, da braucht er nur die Balkontür zu öffnen, den Weihnachtsbaum samt Kerzen und Schmuck reinschieben, Tür wieder zu - und fertig!"

Als tags darauf auch die Königs einen Weihnachtsbaum hatten, und Simon Frau König auf der Treppe traf, hing er sich an ihre Fersen.

„Wieso hast du jetzt schon einen Weihnachtsbaum und wir kriegen ihn erst zum Heiligen Abend?"

„Hm", machte Frau König. Sie dachte lange nach, bevor sie antwortete: „Ich heiße König, ihr heißt Walter. Vermutlich bringt der Weihnachtsmann die

Bäume nach dem ABC. K kommt ganz lange vor W, also sind wir viel früher dran als ihr."

Simon spitzte den Mund. „Könnte sein", meinte er schließlich, zog ab und erzählte es seiner Schwester.

Lina schüttelte den Kopf. „Glaube ich nicht. R kommt nämlich vor F, und die Riecherts hatten ihren Baum immerhin schon eher als die Friedrichs!"

„Vielleicht kann der Weihnachtsmann einfach das ABC nicht richtig?"

„Unsinn - der ist doch nicht blöd!"

Nun wollte Simon es genau wissen. Als er Frau Friedrich im Aufzug traf, stellte er auch ihr die Gretchenfrage.

Frau Friedrich überlegte nicht lange, ihre Antwort kam wie aus der Pistole geschossen. „Wir bestellen den Weihnachtsbaum immer so früh ..." Plötzlich unterbrach sie sich, räusperte und fuhr dann fort: „also ich meine, wir bestellen ihm beim Weihnachtsmann so früh, weil wir in der ersten Januarwoche zum Skifahren nach Innzell fahren. Davor muss er dann raus, damit er nicht zu nadeln anfängt, und für nur eine Woche würde sich der ganze Aufwand doch nicht lohnen."

„Du meinst, der Weihnachtsmann nimmt Bestellungen auf? Und dann liefert er? So wie der Metzger, bei dem meine Mutti schon vor ganz lange 'ne Gans für Weihnachten bestellt hat?"

Frau Friedrich seufzte. Sie hatte das Gefühl, dass sie sich gerade um Kopf und Kragen redete. „Besser, du fragst mal deine Eltern." Schwups war sie in ihrer Wohnung verschwunden.

Beim Abendessen erzählt Simon seinen Eltern, was Frau Friedrich ihm gesagt hatte. „Dann könntet ihr doch den Weihnachtsbaum nächstes Jahr auch schon früher bestellen!", überlegte er.

„Nö", sagte sein Vati, „bei uns bleibt alles wie bisher; ich finde, den Weihnachtsbaum sollte man erst an Heilig Abend bekommen."

Die Tage vergingen, immer mehr Weihnachtsbäume erstrahlten hinter den Fenstern. Und dann, am 24. Dezember, war es auch bei den Walters soweit. Das Christkind klingelte, Simon durfte endlich 'seinen' Weihnachtsbaum sehen und die Geschenke öffnen, die darunterlagen.

Am besten gefiel ihm das Feuerwehrauto. Es war fast so groß wie sein altes Dreirad und hatte eine Leiter, die er mit einer Kurbel ausfahren konnte. Dann reichte sie bis auf den Esstisch!

„Mannomann!", rief er, „jetzt fehlt nur noch ein ordentlicher Brand!" Er sah hinüber zum Weihnachtsbaum, neben den seine Mutti allerdings vorsorglich einen Eimer mit Wasser gestellt hatte.

Später besuchten sie Oma und Opa Walter. Dort gab es auch einen Weihnachtsbaum unter dem Geschenke lagen und nach der Bescherung etwas zu essen. Einen Karpfen für die Großen, Würstel für die Kleinen.

Als sie satt und müde nach Hause gingen, war es bereits stockdunkel und eisig kalt, und am Himmel glitzerten die Sterne. Aus manchen Häusern klangen Weihnachtslieder, in anderen war es ungewöhnlich still, und immer wieder wehte ein verführerischer Duft nach Lebkuchen, Glühwein und Braten durch die Nacht.

„Guckt doch all die schönen Weihnachtsbäume", war Simon begeistert, als sie auf das Haus zugingen, in dem sie wohnten. „Das sieht echt klasse aus!" Nur hinter ihrem eigenen Wohnzimmerfenster leuchtete keiner, weil sie ja gerade nicht da waren, und hinter dem der neuen Mieter im Erdgeschoss auch nicht. Die wohnten noch nicht lange hier und hießen ziemlich komisch - Ölmöz oder so ähnlich.

„Sie sind erst ganz kurz verheiratete", hatte Frau Riechert erzählt, „und außerdem sind sie Moslems."

Simon hatte keine Ahnung, was das ist, Moslems, doch so wie es Frau Riechert gesagt hatte, klang es ziemlich geheimnisvoll, vielleicht sogar ein wenig unheimlich. Jedenfalls war Simons Interesse an den Ölmözs geweckt, und er hatte sich vorgenommen, Bekanntschaft mit ihnen zu schließen.

Als Simon Frau Ölmöz am ersten Weihnachtsfeiertag vor dem Haus traf, sprach er sie kurzentschlossen an. Sie war noch sehr jung, hatte lange dunkle Haare, große braune Augen mit langen seidigen Wimpern und lächelte ihm freundlich zu. „Wie heißt 'n du?“

„Fatma“, gab sie ihm Antwort.

„Komischer Name!“

„Findest du?“ Sie lächelte.

„Mein Vati heißt Onno, das finden die meisten auch komisch. Aber mein Vati sagt, da wo er herkommt, nämlich aus Friesland, da ist der Name ziemlich normal.“

Fatma nickte. „Das ist bei mir auch so. Meine Eltern kommen aus der Türkei, und dort ist der Name sehr normal.“

„Und warum hast du keinen Weihnachtsbaum?“, fragte er.

Erstaunt sah Fatma den Jungen an. „Wie willst du das wissen? Ich meine, vielleicht habe ich ja einen!“

Entschieden schüttelte Simon den Kopf. „Der Weihnachtsmann stellt die Weihnachtsbäume immer vors große Balkonfenster, das ist am einfachsten für ihn. Bei euch steht aber keiner."

„Hm", machte Fatma und runzelte die Stirn. „Findest du es denn wichtig, dass jeder einen Weihnachtsbaum hat?" Sie fragte es aus Verlegenheit, weil sie nicht wusste, wie sie einem Fünfjährigen erklären sollte, dass es eben Menschen gab, die zwar an Gott glaubten, aber für die die Geburt Christi keine Bedeutung hatte. Und dass sie darum nicht Weihnachten feierten und deshalb auch keinen Weihnachtsbaum hatten.

„Doch, das finde ich schon wichtig!" Simon drückte mit seiner Schuhspitze kleine Halbkreise in den Schnee. „Oder hast du vielleicht bloß vergessen, einen zu bestellen?" Noch ein Halbkreis, das Muster war fertig. Er sah Fatma an und zog die Nase hoch. „Ich meine, einen Weihnachtsbaum. Man bestellt den doch, so ähnlich wie 'ne Ente beim Metzger."

Fatma atmete tief durch. „Genau!", sagte sie. „Hab ich vergessen. Blöd, nicht wahr? Aber manchmal geht es halt drunter und drüber. Erstrecht bei uns. Wir haben am 30. November geheiratet, es war ein großes Fest, und da gab es natürlich unglaublich viel zu tun."

Simon nickte. Das kannte er. „Als meine Großeltern goldene Hochzeit hatten, da hat die Mutti sogar vergessen, Vatis Anzug aus der Reinigung zu holen. Und da hat's dann gekracht in der Büchse, mein lieber Scholli!"

Fatma biss die Lippen zusammen und verzog das Gesicht ganz seltsam, so als ob sie gleich losheulen müsste. Simon glaubte, es sei wegen des vergessenen Weihnachtsbaumes. Er nahm ihre Hand und tröstete sie. „Vielleicht hat ja der Weihnachtsmann doch noch einen Weihnachtsbaum übrig und bringt ihn dir."

Fatma schüttelte den Kopf. „Glaube ich eher nicht." Sie kramte in ihrer Tasche nach einem Schokoriegel und schenkte ihn Simon.

Inzwischen waren sie vor Fatmas Tür im Erdgeschoss angelangt. Fatma sperrte auf und hob lächelnd die Hand zum Gruß. „Also, war nett, dich kennengelernt zu haben."

Simon grinste. „Ja, finde ich auch. Und danke für den Schokoriegel!"

„Gern geschehen!"

Während des Mittagessens war Simon ziemlich schweigsam. Je länger er über alles nachdachte, desto mehr tat Fatma ihm leid. Sie war doch so nett! Und bei all dem Stress vor der Hochzeit hätte der Weihnachtsmann ja auch von ganz alleine draufkommen können, dass sie vergessen hatte, den Baum zu bestellen.

Später, als seine Mutti den Tisch abdeckte, folgte er ihr in die Küche. „Ob der Weihnachtsmann Fatma vielleicht jetzt noch einen Baum bringen könnte? Ausnahmsweise? Ich könnte ja beten."

Sie hielt die Teller unters laufende Wasser. „Glaube ich nicht. Der ist ziemlich erschöpft und ruht sich erstmal bis nächsten Dezember aus."

„Ich finde das aber schlimm, dass sie keinen Weihnachtsbaum hat." Simon seufzte.

Seine Mutti ging in die Knie und sah ihm in die Augen. „Mach' dir mal keine Sorgen!" Sie schnüffelte wie ein Hase mümmelt. „Also ich finde, hier riecht es irgendwie nach Großbrand!"

„Echt?" Simon schnüffelte ebenfalls. „Du hast Recht! Alarm - Alarm!" Mit Tatütata lief er los zu seinem Feuerwehrauto.

Eine Stunde später ging Simon mit Lina raus. Sie streiften durch die Gegend und trafen andere Kinder, ließen sich von ihnen erzählen, was sie alles zu Weihnachten bekommen hatten. Seinem Freund Martin erzählte er dann auch von Fatmas Pech.

„Hm", machte der und dann: „He, ich weiß, wo übrige Weihnachtsbäume liegen!"

„Echt?"

Martin brachte Simon und Lina hin. Es war hinter den Glashäusern der Gärtnerei Wolf, dort fanden sie tatsächlich ein paar schief gewachsene Fichten.

„Aber die sind ja ohne Kerzen und Schmuck!", war Simon enttäuscht.

„Klar, Mann." Martin zuckte die Schultern. „Kerzen und Schmuck müsst ihr schon selbst besorgen."

Plötzlich hatte Simon ganz leuchtende Augen. „Okay", rief er, „und du hilfst uns dabei!"

Zuerst schleppten sie einen der Bäume hinter sich her und steckten ihn unter Fatmas Balkon aufrecht in den Schnee. Dann gingen alle drei nach Hause, um Kerzen und Schmuck zu organisieren. Die Eltern hielten gerade Mittagsschlaf, aber Lina wusste, wo die Kerzen waren. Fünf Stück nahm sie mit und ein paar von den selbstgebastelten Weihnachtssternen aus Goldfolie auch. Außerdem stibitze sie noch zwei Kugeln vom Baum, ganz hinten, wo man es nicht sah - die Mutti würde es schon verzeihen, es war ja für einen guten Zweck.

Auch Martin hatte Kugeln, Kerzen und einen kleinen Holzengel besorgt. Doch als sie nun ihre Schätze voreinander ausbreiteten, mussten sie einsehen, dass die paar Sachen nicht wirklich etwas hermachten.

„Ich weiß!" Lina klatschte in die Hände. „Wir klingeln einfach bei allen Leuten im Haus und fragen, ob sie uns was geben."

Bei den Möllers fingen sie an. Zum Glück kam Frau Möller an die Tür - Herr Möller guckte immer so böse.

Lina erklärte die Sachlage. „Fatma hat durch den ganzen Hochzeitstrubel vergessen, beim Weihnachtsmann einen Weihnachtsbaum zu bestellen, und jetzt hat sie keinen und ist deshalb ganz traurig. Darum möchten wir sie mit einem Weihnachtsbaum überraschen. Den Baum haben wir schon und acht Kerzen und vier Kugeln, aber das reicht nicht. Kannst du uns bitte etwas dazugeben?"

Frau Möller zog die Stirn in Krausen. Aus dem Wohnzimmer war Herrn Möllers Stimme zu hören. „Wer ist das denn!" Es klang ärgerlich.

„Die Kinder von unten", rief Frau Möller über die Schulter zurück, „sie wünschen uns frohe Weihnachten!"

Herr Möller grummelte etwas Unverständliches, und Frau Möller flüsterte: „Wartet hier."

Sie schloss die Tür und öffnete sie bald wieder. Fünf Strohsterne lagen in ihrer Hand. „Die sind vom Basar übriggeblieben."

Die Kinder strahlten. „Danke!"

„Ja, ja, schon recht." Frau Möller lächelte und schloss schnell wieder die Tür.

Als die drei Frau Friedrich von ihrem Plan erzählten, presste sie die Lippen zusammen, als würde sie gleich lachen. „Hm", machte sie dann, „freilich habe ich etwas für den Christbaum." Sie brachte einen ganzen Beutel voll Wattebällchen und drei Engel, die ein wenig zerrupft aussahen.

„Was sollen wir denn mit Wattebällchen?", fragte Lina und sah Frau Friedrichs verständnislos an.

„Na, die sehen doch aus wie Wölkchen. Ihr setzt sie einfach auf die Zweige."

„He, Klasse!" Lina strahlte.

Von Frau Otto bekamen sie noch ein paar Kerzenhalter, von Frau König sechs silberne Kugeln, die sie nicht mehr brauchte, und eine ganze Packung Lametta.

„Nun haben wir genug!"

Sie machten sich daran, den Baum zu schmücken, und als sie fertig waren, schrieben sie mit Buntstiften einen Brief.

Libe Vatma ich bin der weinachtsman und ich habe doch noch dran getacht das du einen Weinachtsbaum brauxt. Blos reinkrigen konnte ich den nich du must ihn selbst reinkrigen er stet vor deim fensder. Nextes jar rechtzeidig dran denken zum bestelen. Dein weinachtsman.

Sie malten noch ein paar Sterne dazu, legten den Brief vor Fatmas Tür, klingelten und versteckten sich schnell hinter einem Auto.

Es dauerte nicht lange, bis Fatma und ihr Mann vor dem Haus erschienen. Fatma schlug die Hände vors Gesicht und hatte plötzlich Tränen in den Augen. Sie redete eine Weile mit ihrem Mann, doch was sie sagte, verstanden die Kinder nicht. Dann umarmten und küssten sich die beiden, nahmen den Baum und trugen ihn in ihre Wohnung.

Später erzählten Lina und Simon ihren Eltern, was sie getan hatten. Zuerst lachte Frau Walter, dann hatte plötzlich auch sie Tränen in den Augen. „Bist du etwa traurig, weil wir die zwei Kugeln genommen haben?", fragte Simon bestürzt.

Frau Walter umarmte den Kleinen. „Nein, nein, ich hatte nur plötzlich was im Auge."

Als es dunkel war, gingen die Walters mit ihren Kindern nach draußen und betrachteten das Haus. Jetzt leuchteten hinter allen acht Balkonfenstern Christbäume, und es sah wunderschön aus.

Der wunderbare Weihnachtsmann

Dezember war immer ein schwieriger Monat, denn da 'weihnachtete' es sehr, und das bedeutete, frau musste heimlich Geschenke kaufen, sie heimlich verpacken, heimlich den Christbaum besorgen und noch allerlei andere Heimlichkeiten heimlich bewältigen. Aber dieses Jahr kam zu allem noch ein anderes Problem - Hilke hatte sich heimlich verliebt, und musste ihrem Sohn Johannes beibringen, dass es nun außer ihm noch einen Mann in ihrem Leben gab. Möglichst schonend, denn Johannes war, obwohl erst fünf Jahre alt, schon eifersüchtig wie ein richtiger Kerl.

Hilke war gerade dabei, ein heimliches Telefongespräch zu führen, in dem sehr viele ich-liebe-dichs vorkamen, als Johannes plötzlich ins Zimmer stürzte.

„Mami!" Drohend hielt er ihr eines seiner Bücher hin. „Ich will das jetzt wissen, wie das geht!" Der Tonfall seiner Stimme pochte auf sofortige Antwort.

Hilke, der der Hörer vor Schreck beinahe aus der Hand gefallen wäre, sagte zu ihrem Sohn: „Moment!", hauchte dann ins Telefon: „Ich rufe später zurück, Frau Semmelmüller", und legte auf. „Also, was musst du so dringend wissen?", fragte sie.

Johannes deutete auf ein Bild in seinem Buch, das den Weihnachtsmann zeigte. Ganz offensichtlich war er gerade durch den Schornstein in ein Haus geschlüpft. Nun stand er mit seinem prallgefüllten Sack in einem Wohnzimmer neben einem riesigen Christbaum, der voller roter Kugeln hing, und sah sich suchend um. Vermutlich dachte er darüber nach, wohin er all die tollen Geschenke legen sollte, die in seinem Sack verborgen waren.

„Ich will wissen, wie der dicke Weihnachtsmann mit seinem dicken Sack durch den dünnen Kamin passt", forderte Johannes. „Das geht doch gar nicht!"

Hilke starrte das Bild an. „Durch den schmalen Kamin", verbesserte sie, um Zeit zu gewinnen. „Ein Kamin ist nicht dünn, sondern schmal." Sie räusperte sich. „Weiß nicht", sagte sie dann und kratzte sich an der Nase, das tat sie immer, wenn sie ratlos war. „Vielleicht ist er ja gar nicht durch den Kamin gekommen, sondern durchs Fenster?"

„Durch 'n Kamin! Der Weihnachtsmann kommt immer durch 'n Kamin, das hat mir der Opa gestern noch vorgelesen. Und überhaupt, wie kann er dabei so sauber bleiben? Wenn der Kaminkehrer seine Bürste in den Kamin reinschiebt, dann kommt da immer ganz schwarzer Dreck raus, und der Kaminkehrer selbst ist auch ganz schwarz! Da stimmt doch was nicht!"

„Findest du?" Hilke zog Stirnfalten und suchte nach einer plausiblen Erklärung, doch noch bevor sie eine gefunden hatte, blätterte Johannes weiter und deutete empört auf eine andere Zeichnung. Darauf sauste der Weihnachtsmann mit seinem Schlitten, vor den sechs Elche gespannt waren, durch die Luft. „Und hier", sagte er dabei, „wie kann er durch die Luft sausen, ohne abzustürzen? Kannst du das etwa mit deinem Auto? Nein! Na bitte, das geht doch gar nicht!"

„Also …", murmelte Hilke, und dann fielen ihr zum Glück die Skispringer ein, „also die Skispringer sausen doch auch durch die Luft, ohne abzustürzen. Bestimmt hat der Weihnachtsmann da so seine Technik."

Johannes sah seine Mami aufmerksam an. Ihre Antwort schien ihm einleuchtend, und für einen Moment hatte sie den Eindruck, seine Bedenken zerstreut zu haben. Doch dann schob er plötzlich das Kinn vor und sagte: „Und überhaupt, wie kann er mindestens ein-tau-send Kinder - er betonte jede Silbe, die Zahl eintausend erschien ihm unendlich groß - auf der gan-zen Welt in nur ei-ner-al-ler-ein-zi-gsten Nacht beschenken? Stell dir das doch mal vor! In alle Häuser in jeder Straße von Deutschland und Afrika und der Schweiz muss er dann rein! Das sind doch ganz, ganz viele Häuser und Straßen! Das kann überhaupt gar nicht gehen!"

Hilke öffnete und schloss den Mund. „Hm", machte sie, „du hast Recht, das ist ziemlich viel. Vielleicht hat er das ja vorher … auf seinem Computer berechnet? Und vielleicht helfen ihm … die Engel?"

Johannes schüttelte entschieden den Kopf, dann klappte er das Buch zu. „Ich sage dir, da stimmt was nicht!" Und damit zog er ab und ließ eine sehr verwirrte Mami zurück.

Hilke seufzte und dachte nach, wie das eigentlich bei ihr so war. Wann hatte sie aufgehört, an den Weihnachtsmann zu glauben? Hatten ihre Eltern ihr die 'Lüge' eingestanden oder war das eher ein schleichender Prozess gewesen?

Sie konnte sich nicht mehr erinnern. Jedenfalls schien es nun bei ihrem kleinen Spatz so weit zu sein. Er hatte die Gretchenfrage gestellt, und sie würde ihn früher oder später mit der nüchternen Wahrheit konfrontieren müssen.

Doch fürs Erste schien die Sache mit dem Weihnachtsmann vergessen. Die Sache mit ihrem ganz persönlichen Geheimnis wurde allerdings immer dringlicher, denn es war bereits Mitte Dezember, und sie wünschte sich, dass Klaus zusammen mit ihr und Johannes Weihnachten feierte. Es war also höchste Eisenbahn, die beiden Männer miteinander bekanntzumachen. Aber wie?

Hilke und Johannes saßen im Auto und fuhren in die Stadt, um Klaus zu treffen. Davon wusste Johannes allerdings noch nichts. Hilke hatte sich für die Zufallsvariante entschieden, auch wenn sie nicht ganz sicher war, ob sich Johannes von ihr derart verhohnepiepeln lassen würde.

Vermutlich hatte Hilke die Geschwindigkeitsbegrenzung übersehen, weil ihre Gedanken um das bevorstehende Ereignis kreisten, jedenfalls blitzte es plötzlich am Straßenrand, und Hilke stieß im nächsten Moment einen herzhaften Fluch aus.

„Wieso sagst 'n du jetzt Scheiße, das darf man doch nicht sagen, sagst du immer!", sagte Johannes prompt.

Hilke zählte bis fünf und antwortete schuldbewusst: „Tut mir leid, du hast recht - ich habe mich nur geärgert, weil ich geblitzt wurde."

„Geblitzt? Und warum hat es geblitzt?"

„Weil ich zu schnell gefahren bin."

„Dann blitzt es, wenn man zu schnell fährt?"

„Nicht immer", antwortete Hilke mit einem stillen Seufzen und wollte gerade zu einer umfassenden Erklärung ansetzten, als ihr Sprössling ihr zuvorkam: „Dann weiß ich jetzt auch, warum es am Himmel manchmal blitzt - weil nämlich der Weihnachtsmann mit seinem Schlitten ständig zu schnell fährt, damit er alle Kinder auf einmal beschenken kann."

Hilke sagte nichts, sah Johannes nur an. Der Weihnachtsmann fing langsam an, sie gewaltig zu nerven!

„Aber dann verstehe ich nicht, warum es im Sommer auch manchmal blitzt", überlegte Johannes laut, „weil im Sommer ist doch gar nicht Weihnachten, und der Weihnachtsmann ist dann zu Hause und überhaupt nicht unterwegs!" Johannes verschränkte die Arme und starrte seine Mami aufmüpfig an. „Jakob hat gesagt, dass die Eltern lauter Lügenmärchen erzählen und es den Weihnachtsmann gar nicht gibt. Ich hab ihm eine geboxt und gesagt, dass meine Mami niemals lügt. Aber manchmal glaube ich, Jacob hat doch recht. Vielleicht hamse dich ja auch bloß alle angelogen?"

Hilke biss die Zähne zusammen. Sie war nahe dran, ihrem Sohn hier und jetzt, im Auto, zwischen Fröhlich Straße und Max-Weber-Platz, die ganze erbärmliche Wahrheit zu gestehen. Doch im selben Moment entdeckte sie Klaus, der gerade über den Zebrastreifen ging und dann das Café Schönhuber betrat, in dem sie sich treffen wollten. Da dachte sie: 'Jetzt bloß keine Grundsatzdebatte beginnen, sonst ist der Nachmittag gelaufen, und wir können uns ein friedlich-fröhliches Weihnachten zu dritt abschminken.'

Hilke parkte den Wagen, stieg aus und half Johannes aus dem Kindersitz. „Was meinst du, sollen wir mal wieder ins Café Schönhuber, ein Stück Schokotorte essen?“

Johannes sah sie nachdenklich an. „Nö, lieber nicht!“ Er schürzte die Lippen.

Hilke wurde blass, sah ihre Felle schon davon schwimmen. Ade, du schöner Plan! „Aber warum denn nicht … du isst doch so gerne Schokotorte“, sagte sie kleinlaut.

„Ja schon, bloß nicht Weihnachten, da mag ich lieber die großen Schokolebkuchen, wo in der Mitte 'ne Nuss drauf ist.“

„Du meinst eine Mandel“, sagte Hilke und blies erleichtert den Atem aus. „Na, dann essen wir eben Schokolebkuchen mit einer Mandel drauf, soll mir auch recht sein.“

An der Theke im Laden bestellten sie zweimal Schokolebkuchen zum hier essen und bekam eine Nummer für die Bedienung. Dann betraten sie das Café und sahen sich nach einem Platz um. Zum Glück hatte Klaus einen Tisch am Fenster bekommen, denn Johannes liebte den Fensterplatz, weil er von dort raussehen und Leute beobachten konnte.

Klaus winkte gleich zu ihr herüber, und Hilke sagte möglichst harmlos: „He, da ist ja Klaus! Den kenne ich von der Arbeit.“ Sie ging auf ihn zu und begrüßte ihn. „Na, so ein Zufall! Ist bei dir noch ein Platz frei? Johannes sitzt so gerne am Fenster.“

„Klar.“ Klaus rückte zur Seite, damit Hilke sich neben ihn setzen konnte, Johannes kletterte auf den Stuhl gegenüber.

Die beiden 'Männer' betrachteten sich lange und schweigend, und Hilke entging nicht der Argwohn im Blick ihres Sohnes.

„Du bist also der Johannes?“, sagte Klaus schließlich, um das Schweigen zu brechen.

„Mhm.“ Johannes sah demonstrativ aus dem Fenster.

„Und ich bin der Klaus.“

„Weiß ich doch, hat die Mami ja gerade schon gesagt.“

„Das heißt, eigentlich heiße ich ja Nikolaus, aber alle sagen Klaus.“

Die Bedienung brachte die Lebkuchen und nahm die Bestellung auf.

„Für mich Kakao“, entschied Johannes.

„Für mich Tee“, sagte Hilke.

„Und mir bringen Sie bitte noch mal das Gleiche.“

„Noch einen Kaffee“, notierte die Bedienung, nahm die leere Tasse, die vor Klaus stand, und ging davon.

„Nikolaus?“ Plötzlich sah Johannes Klaus interessiert an. „Wenn du Nikolaus heißt, dann weißt du doch bestimmt auch, wie das gehen kann, dass der dicke Weihnachtsmann mit seinem dicken Sack durch einen dünnen … äh schmalen Kamin passt. Und wie er dabei nicht schmutzig wird. Und wie er mit seinem Schlitten durch die Luft sausen kann, ohne abzustürzen. Und wie es sein kann, dass er tausend Kinder in einer einzigen Nacht beschenkt. Und wieso er keine Runzeln hat, wo er doch mindestens schon zweitausend Jahre alt ist oder noch älter!"

Johannes fixierte Klaus aus dünnen Augenschlitzen, und Hilke wusste, dass von seiner Antwort jetzt alles abhing. Trautes Weihnachten zu dritt. Fröhliche Wochenenden mit Schlittenfahrten. Drachensteigen und lange Spaziergänge. Ein Sommer am Meer und Herbst auf Sylt, und vielleicht nächstes Jahr eine Hochzeit, wer weiß. Eine einzige Antwort wurde zum seidene Faden, an dem ihr Glück hing!

Sie sah Klaus mit angehaltenem Atem an, der machte 'hm', dann lachte er. „Klar weiß ich das! Er kann es, weil er eben der Weihnachtsmann ist!"

Johannes spitzte den Mund und zog die Stirn in Falten. Dann nickte er plötzlich erleichtert. „Klar doch! Weil er eben der Weihnachtsmann ist! Sonst wäre er ja nicht der Weihnachtsmann, wenn er das nicht könnte!"

„Eben", sagte Klaus.

Johannes nahm seinen Lebkuchen vom Teller, biss hinein und strahlte zufrieden.

So einfach war das also. Männer dachten eben geradlinig. Nicht so kompliziert und kreuz und quer wie Frauen, die irgendwelche vollkommen überflüssigen Erklärungsversuche an den Haaren herbeizogen. Ein Mann, ein Wort und Punktum.

Von da an waren Klaus und Johannes dicke Freunde, und die Sache mit dem Weihnachtsmann konnte, wenigstens für dieses Jahr, ad acta gelegt werden.

Eine Liebe bis in den Tod

Frau Kolb strich Lobi über den Kopf. „Komm“, sagte sie. „Komm auf meinen Schoß.“

Der Hund krallte sich mit den Vorderpfoten in ihr Kleid, versuchte mit den Hinterläufen nachzuschieben. Ein Ächzen klang aus seiner Kehle. Verzweifelt sah er sein Frauchen an - es ging nicht mehr!

Sie beugte sich vor. Dabei verzog sich schmerzvoll ihr Gesicht. Der Rücken, die Hüfte, der Arm - alles tat weh. Sie griff in Lobis Halsband, zog an. Wieder schob er mit den Pfoten nach, ächzte, saß endlich auf ihrem Schoß und leckte ihr dankbar die zitternden Finger.

Tränen traten in ihre Augen. „Was sind wir nur für ein seltsames Paar! Beide so alt, dass jeder Schritt eine einzige Qual ist, aber sterben will keiner, aus Angst, den anderen alleine zurückzulassen.“

Lobi rollte sich zusammen, seufzte und schloss die Augen. Sie blickte aus dem Fenster. Seit ihrer Heirat wohnte sie nun schon hier - 73 Jahre! Im Zimmer nebenan hatte sie zwei Söhne geboren, die beide in jungen Jahren gestorben waren. Gute Söhne waren sie gewesen und Hans ein guter Mann, das Liebste und Beste, was sie je gehabt hatte.

Es fing an zu schneien. Kleine, dicke Schneeflocken fielen vom Himmel. Frau Kolb sah ihnen zu und strich dabei über Lobis Fell. Ihr Blick fiel auf die weiß-rot-gestreiften Türme, die rechts, hinterm Wald bei Gerning standen. Sie gehörten zur Müllverbrennungsanlage, sahen aus wie Leuchttürme, waren nur viel höher. Früher war dort die Kirche gewesen, in der sie geheiratet hatte. „Aber wer braucht heute noch Kirchen", sagte sie zu Lobi, „Müllverbrennungsanlagen sind wichtiger. Und weißt du noch", sagte Frau Kolb weiter, „hinter dem rechten der Türme auf dem Hügel gab es ein Gasthaus. Da sind wir manchmal hingegangen, als wir beide noch laufen konnten."

Frau Kolb hatte in den 73 Jahren, in denen sie aus diesem Fenster blickte, viel gesehen. Häuser wurden gebaut, andere eingerissen. Strommasten, Türme, Bäume wuchsen in den Himmel und wurden wieder gefällt. Und Straßen wurden angelegt, immer mehr Straßen, bis ihr Haus schließlich das letzte in einem Dreieck aus grauem Asphalt und Beton war. Nun flitzten Autos rechts und links und hinter ihrem Grundstück vorbei.

„Geblieben ist uns niemand", sagte sie zu Lobi. „Kein Mensch, nur Autos. Du und ich, wir sind alleine. Und wenn die Franziska nicht wäre ..." Sie seufzte.

Franziska war die Tochter ihrer Früheren Nachbarin, inzwischen fünfunddreißig Jahre alt. Als Kind hatte sie oft Hausaufgaben bei Frau Kolb gemacht. Später war sie zum Studieren in die große Stadt gegangen, und da hatte sie Lobi aus dem Tierheim geholt und zu ihr gebracht. „Damit Sie nicht so alleine sind!", hatten sie gesagt. „Der hat auch niemanden, der braucht Sie." Das war inzwischen sechzehn Jahre her.

Frau Kolb zupfte mit ihrer alten, knöchernen Hand an Lobis Ohr. Er schnarchte leise. „Wie alt du bist, weiß keiner so genau", sagte sie. „Aber sechzehn Jahre bist du nun bei mir, und als du kamst, warst du auch schon ein paar Jahre alt."

Frau Kolb rutschte in ihrem Sessel ein wenig herum. Das Sitzen tat weh, alles tat weh. „Treu warst du mir immer", sprach sie leise weiter und lächelte. „Treu ... du und der Hans, ihr beide, ja."

Sie hob den Blick und sah wieder hinaus. Es fing an zu dämmern, und es war kalt. Sie musste Kohle aufs Feuer legen. Eine Heizung gab es in ihrem alten Haus nicht. Die Stadt wollte keine Fernwärme anschließen, und überhaupt - woher hätte sie das Geld nehmen sollen? Ein paar Euro Witwenrente und das alte Haus war alles, was sie besaß. Lobi und sie aßen, was der Garten hergab, und im Winter gab es Bratkartoffeln, Grießbrei oder Milchsuppe. Das mochten sie beide. Und die alten Semmeln für die Suppe bekam sie umsonst vom Bäcker. Ab und zu ein Stück Kutteln für Lobi und mal etwas Hackfleisch in einen Kartoffelauflauf für sie, das war Luxus. Aber das gab es natürlich nur an Festtagen, so wie morgen - denn morgen war Weihnachten, der 25 Dezember.

Frau Kolb klopfte Lobi zärtlich den Popo. „He, du musst aufstehen! Es wird dunkel. Du musst noch mal raus, und ich muss nachschüren." Sie hob ihn vom Schoß. Der Schmerz im Rücken ließ sie aufseufzen. Lang würde sie das nicht mehr aushalten. „Es ist Zeit für uns zu gehen", sagte sie und sah Lobi an, „wir sollten nicht länger warten, du und ich."

Sie quälte sich am Stock zur Tür, öffnete sie. Ein kalter Wind fuhr herein, ein bisschen Schnee dazu. Lobi starrte ins Dunkel. Er zitterte, ging zwei Schritte, blieb wieder stehen.

Frau Kolb schüttelte den Kopf. „Bei diesem Wetter, da jagt man doch keinen Hund hinaus!" Entschieden zog sie die Tür wieder zu.

Sie ging zum Küchenschrank. Neben der Brottrommel lag das Päckchen mit dem Hackfleisch, das die Franziska heute Vormittag gebracht hatte. Frau Kolb nahm es. Dann schlurfte sie zum Wohnzimmerschrank, holte die geweihte Hochzeitskerze, die an Hans' Totenbett zwei Drittel heruntergebrannt war, und ging zurück zu ihrem Sessel.

Sie stellte die Kerze aufs Fensterbrett, steckte sie an, setzte sich wieder in ihren Sessel, hob Lobi auf ihren Schoß und gab ihm das Hackfleisch. Er fraß es langsam, ohne jede Hast. Er hatte ja Zeit - Zeit bis in die Ewigkeit.

Als Franziska am übernächsten Tag kam und klopfte, öffnete niemand. Sie drückte die Klinke herunter, die Tür sprang auf. Drinnen fand sie Frau Kolb im Sessel sitzen, Lobi auf ihrem Schoß. Die alte Frau lächelte, der Kopf des Hundes lag in ihrer geöffneten Hand. Auf dem Fensterbrett stand eine Kerze, die heruntergebrannt war.

Frau Kolb und Lobi waren tot.

Franziska griff in die Tasche nach ihrem Handy. Aber plötzlich hielt sie inne. Eine Weile stand sie reglos da, dann ging sie nach hinten, holte eines der Laken, wickelte Lobi hinein und trug ihn ins Auto. Erst dann rief sie den Arzt.

Die Beerdigung war am Mittwoch. Außer Franziska war niemand gekommen.

„Na, Fräulein, da wird wohl Ihre Oma begraben?", fragte der Arbeiter von der Friedhofsverwaltung.

„Sie ist nicht meine Oma, aber ich habe mich ein bisschen um sie gekümmert."

„Und das da?" Er sah auf das weiße Bündel in Franziskas Arm.

„Das ist ein alter Teddy." Sie zupfte ein wenig
an den Falten, so dass ein Bein des Teddys sichtbar
wurde. „Vielleicht finden Sie das seltsam, aber ich
möchte gerne, dass er mit ihr begraben wird. Wissen
Sie, sie hat niemanden mehr, und dieser Teddy, der
hat ihren Söhnen gehört. Sie sind beide bei einem
Unfall ums Leben gekommen." Sie sah den Mann
bittend an. „Statt Blumen", sagte sie noch.

„Blumen, das geht schon in Ordnung. Sonst habe
ich nichts gesehen." Er nickte und drehte sich um, um
auf seinen Bagger zu steigen.

Franziska warf das Bündel ins Grab, so, dass es zu
Frau Kolbs Füßen lag. Dann ließ sie drei Hände voll
Erde darüber rieseln. „Ruht in Frieden", flüsterte sie.

Als der Bagger die Erde ins Grab schob, steckte sie
ihre Hände in die Manteltaschen, drehte sich um und
ging davon.

Hannibal, der Weihnachtskarpfen

Bodo kam in die Küche gestürzt. „Maaaami! Komm schnell, das musst du sehen! Papi ist gerade nach Hause gekommen und hat einen ganz, ganz lieben Fisch mitgebracht!" Bodo ließ sehen wie groß, machte auf dem Absatz kehrt und zischte wieder ab.

Wenn Bodo einen Fisch ganz, ganz lieb fand konnte das nur bedeuten, dass das gute Tierchen noch lebte. Unheilahnend folgte Anja ihrem Sprössling. Er lief voraus ins Badezimmer. Dort ließ John, ihr Herr Gatte, gerade Wasser in die Badewanne laufen, dann setzte er den Karpfen ein.

„Was willst du denn damit?" Anja starrte zuerst den Fisch, dann ihren Mann an.

„Dr. Klausnitz hat ihn mir geschenkt."

„Wer ist 'n Dr. Klausnitz?", wollte Bodo wissen.

„Mein Chef", antwortete John. Er schob seinen Sohn mit sanftem Nachdruck zur Tür. „Bitte geh doch mal kurz in dein Zimmer, ich habe etwas mit deiner Mami zu besprechen."

„Och", maulte Bodo, zog dann aber doch ab, denn er vermutete ganz richtig, dass es um die Frage ging: Karpfen haben oder nicht haben! Und Bodo wollte ihn! Er hatte sich schon immer ein Haustier gewünscht, und sein Papa hatte versprochen, dass er irgendwann mal eins bekommen würde, wenn er schön brav war! Und Bodo war brav gewesen, und jetzt war bald Weihnachten! Na bitte! Papa hielt eben, was er versprach!

Als Bodo gegangen war, sah John seine Frau an. „Dr. Klausnitz hat das gute Tier von einem Kunden bekommen. Ich kam gerade dazu, als er und seine Frau sich stritten, wer von ihnen den Fisch … Nun ja, du weißt schon … Und vor allem auf welche Art.“

„Ja, ja, und da dachtest du, weil du so gerne Fisch isst, nimmst du deinem Chef die Last ab! Schließlich hast du ja eine Frau, und das bisschen Schlachten, das kriegen die schon irgendwie hin!“ Anjas Stimme war von Gift durchtränkt.

John sah sie mit Unschuldsmiene an. „Was denkst du nur von mir! Es war ganz anders. Als Dr. Klausnitz mich sah, erinnerte er sich plötzlich daran, dass er mir noch einen Gefallen schuldig war. Ich hatte ihm doch im Herbst beim Ausbau seines Partykellers geholfen. Und da sagte er: Lieber Schröder, nehmen Sie diesen Fisch als Gegenleistung für Ihre Hilfe, und grüßen Sie mir Frau ganz herzlich!“

„Klar doch“, zischte Anja. „Dein Chef weiß nur zu gut, wie er sich Vorteile verschaffen kann! Sogar seine Geschenke an dich sind am Ende immer für ihn selbst!“

„Sei doch nicht so Liebes." John sah sie um Verständnis heischend an. „Ich konnte doch nicht ein Geschenk meines Chefs ablehnen! Und ihn damit auch noch vor seiner Frau bloßstellen!"

Plötzlich stand Bodo wieder neben ihnen. Seine Begeisterung über den neuen Hausgenossen war grenzenlos, deshalb hielt er es nicht länger in seinem Zimmer aus. Er kniete sich neben die Badewanne und sagte feierlich: „Wir nennen ihn Hannibal!" So hieß sein Lieblingselefant im Zoo auch. Dann zu seiner Mama: „Da haben wir endlich mal was Lebendiges in unserer Wohnung!"

Anja sah ihren Sprössling beleidigt an. Wie meinte er das? War sie etwa schon scheintot?

Bodo schob den Ärmel seines Pullis hoch und versuchte Hannibal zu streicheln. Hannibal schwamm aber weg, woraus Bodo schloss, dass er Hunger hatte. Also schnappte er sich sein Sparschwein, verließ türenschlagend die Wohnung, schwang sich auf sein Fahrrad und kam bald darauf mit einem Sack aus der Tierhandlung zurück. Mit dessen Inhalt mästete er den Fisch.

Ob es nun das Futter oder die liebevolle Zuwendung war, ließ sich nicht klären und ist ja auch unwichtig - jedenfalls wurden Bodo und Hannibal bald schon dicke Freunde. Der Fisch ließ sich von dem

Kind sogar streicheln! Und auch Bodos Eltern verbrachten an der Seite ihres Sohnes so manche gesellige Minute neben der Badewanne, in der der neue Hausgenosse fröhlich herumschwamm.

„Er ist ein Lederkarpfen", sagte John eines Abends, nachdem er im Internet nachgesehen hatte.

Sein Sohn nickte weise. „Darum hat er ja auch keine Schuppen!"

„Und das bedeutet, wir können ihn blau machen", freute sich Anja, die schon mal das Kochbuch nach einem geeigneten Rezept durchgeblättert hatte.

Bodo sah sie sehr, sehr böse an. „Er wird nicht blau gemacht, niemals! Für Fische ist Alkohol nämlich ganz ungesund, und Karpfen können hundert Jahre alt werden! Und da muss einer schon auf seine Gesundheit achten!"

Anja zuckte zusammen. Sie warf John einen hilfesuchenden Blick zu. Erst gestern Nacht, als sie im Bett gelegen, er ihre Schulter geküsst und eine Strähne ihres Haares um seinen Finger gekringelt hatte ... also, da hatte sie ihm das Versprechen abgenommen, seinen Sohn sanft aber bestimmt auf die Tatsache hinzuweisen, dass Hannibal am Heiligen Abend ... Nun ja, also, dass er da ein Petersiliensträußlein im Maul und von zarten Nusskartöffelchen flankiert, auf der goldumrandeten Fischplatte von Großtante Gerlinde die Festtafel zieren sollte. Und dass sie dann - so sei das an Heilig Abend in manchen Familien schon Jahrhundertelang Tradition! - den Fisch verspeisen würden.

John seufzte und schickte Blicke zur Decke.

Als sie alleine waren, knöpfte sie ihn sich vor. Aber wie Männer so sind, kehrte er den Spieß sofort um. Statt die berechtigte Kritik anzunehmen und bußfertig sein Haupt zu senken, griff er sie an.

„Warum, bitte schön, sagst du deinem Sohn die grausige Wahrheit nicht selbst? Wenn es um so etwas geht, muss ich plötzlich herhalten! Und dann heißt es wieder, wir Männer seien Rohlinge!"

„Ach!", schrie Anja zurück. „Aber wenn das Kind dich fragt, wie die Samenkörner in den Bauch der Mami kommen, dann schickst du ihn prompt zu mir! Da muss ich dann herhalten, weil du plötzlich über die einfachsten biologischen Gegebenheiten nicht mehr Bescheid weißt!"

„Sex ist aber viel angenehmer als Töten!"

„Pha, was weißt du denn schon!"

Sie waren offensichtlich vom Thema abgekommen.

Als Anja und John am Morgen des Heiligen Abends aufstanden, saß Bodo mit Filzstiften bewaffnet am Küchentisch und malte Sterne, Engel und Karpfen auf bunten Karton. „Schön!" sagte Anja, als Bodo ihr seine Kunstwerke zeigte. Dann sah sie ihren Herrn Gatten mit eindringlichen Blicken an, denn der Fisch ... nun ja, der war noch immer nicht tot! Jetzt musste es dann aber doch endlich einmal geschehen!

„Male nur schön weiter! Die Oma wird sich bestimmt auch über ein schönes Bild freuen!", flötete sie und zog sich mit John leise zurück.

Heimlich, mit einer Schüssel unterm Arm und einem Holzhammer bewaffnet, gingen sie ins Bad und schlossen leise die Tür hinter sich. Doch Bodo etwas verheimlichen zu wollen war so gut wie unmöglich, denn der roch förmlich, wenn etwas im Busch war. Kaum hatten sie den Schlüssel umgedreht, stand er schon vor der Tür, hämmerte mit Fäusten und Füßen gegen selbige und schrie: „Nicht tun! Ich weiß längst, was ihr mit Hannibal im Schilde führt! Aber ihr dürft ihn nicht ermorden! Oder ich gehe auch tot und spreche dann nie wieder ein Wort mit euch!"

Anja griff mit beiden Händen zu. Sie bekam Hannibal zu packen, aber er entglitt ihr gleich wieder.

„Oder ich lasse mich von euch scheiden und zieh zur Oma!", schrie Bodo.

John zog aus und schlug mit dem Hammer einfach ins Wasser, in der Hoffnung Hannibal auf diese Weise zu treffen. Aber es spritzte nur durchs ganze

Badezimmer, und John fluchte dazu wie ein Bierkutscher.

„Wenn er tot ist, dann geh ich runter und hau dem Auto vom Papa mit mei'm Hammer eine rein!", rief das Kind durch die Tür.

„Das tust du nicht!", schrie John zurück. Er ließ das Wasser aus, um Hannibal dingfest zu machen.

Anja heulte inzwischen.

Plötzlich war es mucksmäuschenstill im Haus. So still, dass sie zu schluchzen aufhörte und John unheilahnend ansah.

Ein paar Atemzüge später rief Bodo mit gefährlich ruhiger Stimme durch die Tür: „Also, ich hab jetzt den Hammer aus meiner Kiste geholt. Und ich mach 'n kaputt, den blöden ollen Wagen vom Papa, damit ihr's bloß wisst!" Damit fiel die Tür hinter ihm ins Schloss.

„Himmel, der meint das ernst!", flüsterte John. Er sprang auf wie der Teufel aus der Kiste, drehte den Schlüssel um und stürzte hinaus.

Anja lief ins Wohnzimmer ans Fenster. Bodo kam als erster auf die Straße. Den Hammer hielt er in der erhobenen Hand. Dann stürzte John hinterher.

„Von wegen blöder oller Wagen", flüsterte sie und schlug die Hände vor den Mund, um nicht laut loszuschreien. Die Katastrophe war kaum noch abzuwenden.

Das niegelnagelneue Cabriolet in Rot mit schwarzen Kunstledersitzen und Bordcomputer stand gleich vor der Tür, und es trennten nun höchstens noch einsfünfzig von Bodos unbändiger Wut.

Da hechtete John los, warf sich mit einem Sprung auf seinen Sohn und riss ihn zu Boden. Sie lagen keuchend auf dem Gehsteig und rangelten miteinander, bis Bodo den Hammer endlich fallen ließ.

Minuten später kamen sie wieder in die Wohnung. Bodo voran. Er stürzte heulend ins Bad, wo Anja neben der Wanne kniete, als wäre nichts geschehen und fröhlich, ein Weihnachtslied summend, im Wasser plätscherte, während Hannibal elegant und flossenwedelnd vor ihrer aller Blicke seine Kreise zog.

„Gott sei Dank, er lebt!" Bodo wischte sich die Tränen aus dem Gesicht und kniete seufzend nieder.

„Natürlich lebt er, warum sollte er denn nicht mehr leben?", fragte Anja, ein harmloses Lächeln auf den noch etwas blassen Lippen.

„Ihr wolltet ihn töten! Und dann wolltet ihr ihn aufessen! Ihr seid ja Kani... Kannibaten!"

„Kannibalen", verbesserte John, noch immer höchst erregt und grimmig, „aber die essen keine Karpfen, sondern Menschenfleisch."

„Aber, mein Schatz", flötete da Anja, „dein Vater und ich wollten doch nur endlich einmal wieder duschen. Deshalb haben wir versucht, Hannibal in die Schüssel zu kriegen. Nur vorübergehend."

Bodo sah seine Mutter skeptisch an. Dann nahm er die Büchse mit dem Futter vom Regal, und seine Eltern zogen sich zurück.

Als es dunkel wurde saßen sie am Tisch. Es gab zarte Nusskartöffelchen mit Petersilie und eine Dose Spargel, die Anja im hintersten Eck ihres Vorratsschrankes entdeckt hatte. Und weil sie danach immer noch Hunger hatten, kochte sie als Nachtisch einen riesen Topf Pudding, den sie mit Sahne und Mandelstiften verzierte.

Sie schnalzten genüsslich mit der Zunge, als die Schüssel leer war. So gut hatte zuvor noch kein Weihnachtsessen geschmeckt! Vor lauter Glück, dass ihnen der Mord nicht gelungen war und Bodo wieder so zufriedene Kinderkulleraugen machte, hätte Anja vermutlich auch mit einer Tüte Chips vorliebgenommen.

Blieb nur noch die winzige Aufgabe, Sohnemann davon zu überzeugen, dass ein Karpfen in einer Wanne ganz bestimmt nicht hundert Jahre alt werden würde, weil er dazu einfach Platz brauchte und vor allem auch Artgenossen und eine natürliche Umgebung. Das dauerte noch mal ein paar Tage und forderte Anjas ganze Überredungskunst. Aber am Schluss sah Bodo es ein und Mutter und Sohn verblieben so:

„Du kannst Hannibal ja am Kunoweiher aussetzen und ihn dort jede Woche zu einem festen Zeitpunkt besuchen. Dann kannst du ihm Futter in den Weiher streuen und ihm erzählen, was dir so am Herzen liegt. Und ganz sicher wird Hannibal dir immer zuhören, auch wenn du ihn nicht sehen kannst, weil das Wasser so grün und trüb ist oder im Winter vereist."

Nun ja, und so geschah es dann auch. Am nächsten Sonntag zog eine wieder ganz und gar glückliche Familie los und setzten den Fisch ins Wasser. Und so Gott will und ihn keiner angelt, wird er denn auch hundert Jahre alt werden – mindestens.

Weihnachten ist zu Hause oder gar nicht

Die alte Heger, so nannte man sie in der Straße, stand am 12. Dezember wie immer um 5 Uhr 30 auf, schlürfte schweren Schrittes zum Fenster, schob die Vorhänge beiseite und sah hinaus. Schneeflocken tanzten vom Himmel, richtig dicke Schneeflocken, wie sie der Winter schon lange nicht mehr gesehen hatte. Sie öffnete das Fenster, tauchte ihren Finger in den Schnee, der am Fensterbrett lag, und lutschte an ihm, als wäre sie ein kleines Mädchen, das vom Kuchenteig ihrer Mutter nascht. „Schnee – schöner, dicker Schnee!", rief sie, und dann lachte sie, laut und glücklich!

Dieses Lachen, es klang hoch und ein wenig schrill, hörte Rantje Meisner, die gerade erst von der Arbeit nach Hause kam und auf der gegenüberliegenden Straßenseite am Haus der Frau Heger vorbeiging. Sie sah nach oben und wunderte sich, denn so lange sie in dieser Straße wohnte - und das wurden im Februar drei Jahre - hatte sie die Heger noch nie lachen gehört.

Rantje nickte der Alten zu, bevor sie im Hausflur verschwand und die Tür hinter ihr zufiel. Doch die Heger erwiderte den Gruß nicht. „Ich grüß' doch nicht jeden", murmelte sie, „und so eine schon gar nicht!"

Was für eine dieses Fräulein Meisner von gegenüber genau war, wusste die Heger zwar nicht, aber sie wusste, dass sie des Öfteren erst gegen Morgen nach Hause kam, dass sie schwarzgefärbte Haare mit einer langen roten Strähne hatte, dass sie Motorrad fuhr und ständig diese schreckliche Musik hörte. Im Sommer, wenn sie ihr Fenster offenstehen ließ, dann dröhnte es bis zu ihr herüber! Wum-wum-wum-, die ganze Zeit dieser ohrenbetäubende Lärm! Und dann diese Kerle ... immer wieder andere! Seit das Fräulein Meisner gegenüber wohnte, hatte die Heger sicher schon drei oder vier verschiedene Männer bei ihr ein- und ausgehen gesehen! Nein, so eine grüßte sie nicht!

Am Nachmittag trafen sich die beiden Frauen auf der Straße wieder. Sie schippten Schnee. Rantje, weil sie mit ‚Treppendienst' dran war, die alte Heger, weil sie alleine wohnte und niemanden hatte, der diese Arbeit für sie erledigte. Es war ihr eigenes Haus, zwei Stockwerk hoch aber nur zimmerbreit. Zwischen den modernen Wohnhäusern sah es irgendwie rührselig aus. Wie eingequetscht, wie ein Überbleibsel aus längst vergangener Zeit.

Rantje beobachtete die Alte aus den Augenwinkeln, dachte: „Da muss die sich nun abrackern mit ihren 80 Jahren, und keiner hilft ihr! Wenn dir das bloß nicht auch mal so geht!"

Auch die alte Heger beobachtete Rantje und dachte sich dabei ihren Teil. „Was guckt die denn so? Was will sie denn nur von mir? Dieses junge Gemüse mit den unanständig engen Hosen und den schwarzroten Haaren! Pah!"

Und dann passierte es auch schon. Die alte Heger rutschte aus und fiel hin, lag am Boden und schrie vor Schmerz auf.

Rantje lief zu ihr und ging vor ihr in die Hocke. „Haben Sie sich verletzt?", fragte sie.

„Auaja, ja, das tut weh, aua!", jammerte sie.

„Können Sie aufstehen?"

„Nein... O Gott, mein Bein!" Der Alten traten vor Schmerzen Tränen in den Augen.

„Ich rufe den Krankenwagen", sagte Rantje, zog ihre Jacke aus und stopfte sie der Alten unter Kopf und Schultern. Dann lief sie zum Telefon, und ein paar Minuten später wurde die Heger ins Kreiskrankenhaus gebracht.

Natürlich blieb der Schnee nicht liegen, am 22. Dezember war kein Flöckchen mehr zu sehen. „Schade", dachte Rantje, als sie morgens von der Arbeit kam, „mit Schnee sieht der Winter doch viel freundlicher aus!" Sie überquerte die Straße, und da fiel ihr plötzlich Frau Heger ein. Hatte nichts mehr von ihr gehört, seit damals ... eine Woche, oder nein, zehn Tage war das inzwischen schon her! Wie es ihr wohl gehen mochte?

Am Nachmittag holte Rantje ihren Christbaum ab. Sie bekam ihn immer von ihrer Großtante und Patin, die zwanzig Kilometer außerhalb in einem Dorf wohnte und noch einen eigenen Wald besaß. Rantje nahm den Zug, wurde vom Bahnhof abgeholt, fuhr dann mit Tante Tienchen in den Wald. So war das immer gewesen; schon früher, als Rantje noch bei ihrem Vater gewohnt hatte, kümmerte sie sich um den Christbaum.

Tienchen wies auf einen Baum, der war so etwa einen Meter hoch und schön gewachsen. „Den könntest du haben, der muss ohnehin raus, sonst wird es hier zu eng.“

Sie schlugen ihn um, banden ihn zusammen, fuhren nach Hause und tranken Tee.

Später fuhr Tienchen Rantje mit dem Kombi in die Stadt zurück. Als sie am Krankenhaus vorbeikamen rief Rantje plötzlich stopp. „Macht‘s dir was aus, hier ein paar Minuten zu warten? Ich will nur schnell nach jemanden sehen!“

Eine Schwester kam gerade aus einem der Zimmer, sah Rantje an, fragte: „Zu wem wollen Sie denn?“

„Zu Frau Heger“, antwortete Rantje.

„Ach!" Die Schwester zog eine Augenbraue hoch. „Wird aber auch Zeit, dass sich mal jemand um sie kümmert! Ihre Großmutter ist weiß Gott nicht einfach zu pflegen!" Der Vorwurf in ihrer Stimme war unüberhörbar. „Sie will unbedingt nach Hause. Aber mit einem Oberschenkelhalsbruch und keiner da, der sich kümmert, das ist unmöglich!"

„Kann ich hinein?", fragte Rantje und deutete auf die Tür mit der Zimmernummer, die ihr der Portier genannt hatte.

„Ja, gehen sich nur", antwortete die Schwester schlechtgelaunt.

Zuerst erkannte Frau Heger sie gar nicht, aber dann rief sie: „Ach ja, jetzt weiß ich wieder!" Sie deutete auf Rantjes rote Haarsträhne. „Sie sind das!"

„Tut's noch arg weh?", fragte Rantje.

„Schon. Aber mir ist das egal. Ich will nach Hause! Ich gehöre nicht hier her!" Ihre Stimme klang ärgerlich. „Mein ganzes Leben habe ich für mich selbst gesorgt!"

„Aber mit einem gebrochenen Bein, da sind Sie doch hilflos."

„Es ist mir egal! Ich will nach Hause. Dann sterbe ich halt, wenn's schon sein muss! Aber die hier glauben, dass es besser ist, bei ihnen vor die Hunde zu gehen, als in den eigenen vier Wänden.

Und nach dem, was die hier glauben, hat man sich zu richten! Aber jetzt sag ich Ihnen mal was, junges Fräulein", die alte Heger lachte leise, „so schnell geht das bei mir nicht! Ich meine das mit dem Sterben! Da täuschen die sich. Ich habe den Krieg überstanden und den Hungerwinter von damals ... neunzehnhundert ... neunzehn ..., ach ist ja egal! Jedenfalls lebe ich immer noch! So schnell beiß' ich nicht ins Gras!"

Rantje lachte, das glaubte sie gerne.

„Wie alt sind Sie überhaupt?", fragte die Heger plötzlich.

„Vierunddreißig Jahre werde ich am 6. Januar."

Die Heger klatschte in die Hände. „Ich werde am 10. Januar 84. Wir sind genau ein halbes Jahrhundert auseinander!" Dann verzog sie ihr Gesicht und deute auf Rantjes Haare. „Damals, als ich jung war, hätte sich das da allerdings keine getraut! Und Männer wechseln, das gab's auch nicht. Einer musste fürs Leben genügen, und wenn's kein g'scheiter war, dann hast du halt Pech gehabt! Und deshalb ... deshalb habe ich erst gar keinen genommen! Alle habe ich sie abblitzen lassen!" Die Heger grinste. Dann sah sie Rantje lange und nachdenklich an und murmelte: „Weiß nicht, warum ich ausgerechnet Ihnen das erzähle, bin doch sonst nicht so redselig."

Da ging die Tür auf und die Schwester kam herein. „Es ist schon gleich neun Uhr! Zuerst kümmern Sie sich gar nicht um Ihre Großmutter, dann kommen Sie zu so unmöglichen Zeiten hier an!"

Rantje und die Heger tauschten Blicke. Dann sagte Frau Heger: „Meine Enkelin bleibt, so lange ich das will! Am besten sie bleibt gleich über Nacht, dann kann sie mich morgen mit nach Hause nehmen! Oder noch viel besser, Sie lassen mich heute Abend noch gehen!"

„Ach", sagte die Schwester, „Ihre Enkelin will sie mitnehmen? Aber so einfach ist das nicht. Da muss sie zuerst mit dem Oberarzt sprechen. Morgen früh, am besten zur Visite." So etwas wie Erleichterung ging über das Gesicht der Schwester. Sie gab Frau Heger eine Tablette und ein Glas Wasser dazu.

Die Heger schob die Tablette in den Mund, trank, sagte dann: „Na, dann kommt sie eben morgen früh zur Visite. Oder geht das nicht?" Sie sah Rantje an.

„Tja also … also, ich habe leider Frühschicht. Bis 13 Uhr. Ich weiß nicht, ob ich da wegkommen kann."

„Macht nichts, ich habe ja selbst einen Mund!", sagt Frau Heger. „Aber jetzt bleibt meine Enkelin auf jeden Fall noch bei mir!"

Als die Schwester draußen war, nahm sie die Tablette wieder aus dem Mund und warf sie in die Schublade ihres Nachttisches. Dann nickte sie und grinste sehr, sehr breit. „Schlafmittel will die mir verpassen, bloß damit ich Ruhe gebe! Dabei habe ich so etwas in meinem ganzen Leben nicht gebraucht, nicht mal als mir die Bomben um die Ohren flogen. Merken Sie sich das, Mädchen, was Sie auch tun, tun sie es bei klarem Verstand, und das gilt sogar fürs Schlafen!" Sie kaute ein wenig auf ihren dünnen, blassblauen Lippen, sagte dann: „Ist gar nicht schlecht, plötzlich eine Enkelin zu haben! Und so übel sind Sie ja auch nicht, wie ich immer dachte. Wo arbeiten Sie denn, weil Sie Schicht haben?"

„Bei einer Taxizentrale, ich nehme die Anrufe entgegen und schicke dann unsere Fahrer über Funk zu den Fahrgästen."

„Und das gefällt Ihnen?"

„Es gibt schlimmere Jobs." Rantje lachte. „Besser ist es jedenfalls, als meine ganze Erfüllung darin finden zu müssen, für einen Mann die Hemden zu bügeln!"

Da spitze die Heger die Lippen und kicherte. „Das versteh ich gut! Da würde ich auch lieber Taxifahrer durch die Gegend schicken!"

Rantje stand auf. „Aber jetzt muss ich doch gehen, meine Tante sitzt draußen im Wagen, so lange kann ich die nicht warten lassen. Also ... machen Sie´s gut und frohes Fest.“

„Jaja, Sie auch - machen Sie´s gut.“ Die Heger sah ihr lange und tief in die Augen. Schließlich gab sie ihr eine unglaublich dünne Hand, die Rantje kaum zu drücken wagte und sagte: „Weihnachten, wissen Sie, das ist nur zu Hause oder gar nicht. So ist das, wenn man alt ist. Wirklich schade, dass Sie morgen früh Schicht haben ...“

In dieser Nacht schlief Rantje kaum.

„Weihnachten, das ist nur zu Hause oder gar nicht!“ Immer wieder hörte sie diesen Satz. Und dann die Hand der alten Heger, als sie in ihrer lag. Wie ein kleiner Vogel, der aus dem Nest gefallen ist, hatte sie sich angefühlt.

„Weihnachten ist nur zu Hause oder gar nicht ...“

Rantjes Chefin, die neben ihr saß und die Abrechnungen der Nachtfahrten durcharbeitete, sah auf. „Was hast du gesagt?“, hakte sie nach.

Rantje sah sie an. Sie hatte wohl laut vor sich hingesprochen. „Ach nichts ... es ist nur ...“ Dann fasste sie sich aber doch ein Herz und erzählte Martha von Frau Heger und ihrem gestrigen Besuch im Krankenhaus. Erzählte von der kleinen zierlichen Hand und den traurigen Augen der alten Frau, die lieber alleine geblieben war, als zu riskieren, keinen gescheiten Mann zu bekommen.

Als ihre Worte verklungen waren, lauschte sie ihnen noch eine Weile nach, dann fragte sie plötzlich: „Könntest du bitte meinen Dienst übernehmen? Ich komm dafür heute Abend noch mal. Bitte!"

Martha sah sie an. „Willst wohl die Alte nach Hause holen?"

Rantje nickte. „Wenigstens für ein paar Tage, wenigstens über Weihnachten. Denn weißt du, Weihnachten ist nur zu Hause oder gar nicht!"

Weiße Weihnacht

Letztes Jahr bekam Wolfi von seiner Oma zu Weihnachten ein reizendes Bilderbuch mit einer reizenden Weihnachtsgeschichte geschenkt, und natürlich war das, was in dem Bilderbuch stattfand, ein wahres Bilderbuchweihnachten! Die grünen Tannen im Bilderbuchvorgarten weiß bedeckt, jeder Zaunpfahl, jeder Gartenzwerg, jedes Vogelhäuschen hatte eine weiße Schneemütze auf. Auch der Schneemann mit Kohlenaugen und Möhrennase fehlte nicht, und über der guten Mutter Erde lag ein makelloses, weißes Schneelaken ausgebreitet. Dazu die Lichter am Weihnachtsbaum, eine strahlende Mami, und selbst das ersehnte Hündchen mit Schleifchen um den Hals lag als Geschenk unterm Baum. Aber nicht nur in diesem Bilderbuch war die Rede von weißer Weihnacht. Die Weihnachtslieder im Radio, die Filme im Fernsehen handelten davon, und sogar die Erzieherinnen im Kindergarten erzählten so einen Quatsch!

Jawohl – Quatsch! Denn die Wirklichkeit sah anders aus! Wolfi war nun sechs Jahre alt und hatte noch nie, niemals!!! in seinem Leben ein Weihnachten erlebt, an dem alle Zaunpfähle, alle Tannenbäume und alle Vogelhäuschen ein weißes Mützchen aufhatten und im Vorgarten ein richtiger Schneemann grinste, während drinnen die Lichter brannten und das Christkind Geschenke brachte. Wolfi war sauer. Wolfi fühlte sich von den Erwachsenen hintergangen, belogen und betrogen!

Und das teilte er seiner Oma nun auch mit und nahm sich dabei kein Blatt vor den Mund. Sie hatte ihm das blöde Bilderbuch schließlich geschenkt! Von wegen weiße Mützchen überall und ein grinsender Schneemann im Vorgarten! Jetzt war der 23. Dezember schon fast vorbei, und weit und breit immer noch keine einzige Schneeflocke zu sehen! Im Gegenteil - beim Nachbarn scharrten die weißgesprenkelten Zwerghühner im grünen Gras, als stünde Ostern vor der Tür!

Oma war verzweifelt. Da hatte sie nun ganz ohne bösen Willen dazu beigetragen, dass das Kind zutiefst enttäuscht und frustriert war. Und - diese Tatsache traf sie ganz besonders schlimm! - sie hatte dem Kind einen Grund gegeben, sie eine gemeine Lügnerin zu nennen und sich dann mit Tränen in den Augen unter der Bettdecke zu vergraben.

Oma versuchte gutzumachen. Sie grub Wolfi wieder aus, nahm den sich Sträubenden mit sanfter Gewalt in die Arme und erzählte ihm aus ihrer Kindheit. Dass sie immer wieder einmal weiße Weihnachten erlebt hatte, aber zugegeben nicht jedes Jahr, und dass eben jetzt vieles anders war, sogar an Weihnachten! Und sie erzählte ihm von einem Ozonloch im Himmel und von Temperaturveränderungen und so weiter und so fort.

Wolfi begriff nicht viel, aber er begriff, dass doch noch Hoffnung bestand. Ein ganz kleines bisschen Hoffnung auf Schneeflocken und weiße Mützchen auf Tannenzweigen, während drinnen am Baum die Kerzen brannten und das Christkind mit seinem Glöckchen zur Bescherung läutete. Schließlich war bis dahin noch eine ganze Nacht und fast ein ganzer Tag Zeit, hatte Oma gesagt, und in einer ganzen Nacht und an einem ganzen Tag konnte viel geschehen - vielleicht sogar ein Wunder!

Diese Nacht stand Wolfi einige Male auf, ging zum Fenster und sah sehnsuchtsvoll hinaus. Seine Oma, die mit ihm in seinem Zimmer schlief, wenn sie zu Besuch kam, beobachtete ihn dabei mit wehem Herzen und seufzte still in sich hinein. Warum konnte der dort droben nicht wenigstens dieses eine Jahr ein ganz klein bisschen Schnee zu seinem Fest fallen lassen! Ein paar kleine Mützchen voll nur, und das weiße Laken auf den Feldern müsste ja gar nicht mal makellos sein! Hier und da ein brauner Fleck, darüber würde wohl auch Wolfi hinwegsehen können.

Morgens war der Garten so grün wie zur Sommerszeit. Nur die bunten Blumen fehlten. Wolfi saß am

Fenster und starrte hinaus. Oma saß am Tisch und lockte Wolfi mit Leckereien und der Aussicht auf eine Runde Hütchen hüpfen, wobei sie ihn selbstverständlich hätte gewinnen lassen. Aber Wolfi wollte weder Plätzchen noch Lebkuchen noch Zuckerstangen oder Liebesäpfel und schon gleich gar nicht spielen - Wolfi wollte Schnee!!!

Um elf Uhr vormittags kam ein Kinderspielfilm im Fernsehen, den Omi einschaltete, um ihren Enkelsohn von seinem Kummer abzulenken. Aber Wolfi starrte weiter aus dem Fenster, als könne er die Schneeflocken herbeistarren, drehte sich gar nicht nach dem Flimmerkasten um. Erst als die Handlung zielgerichtet auf den Heiligen Abend zutrabte und promot Schneemassen fielen, wurde Wolfi aufmerksam. Aber da schaltete Oma den Kasten schnell wieder aus und meinte mit sich vor Fröhlichkeit überschlagender Stimme: „Na, Wolfilein, immer bloß im Zimmer hocken und fernsehen ... wollen wir nicht lieber ein bisschen spazieren fahren? Zum Beispiel rüber zum Ponyhof?"

Ponyhof zog bei Wolfi immer. Bloß heute nicht! „Schnee!", rief er und ballte die Fäuste. „Ich will Schnee! Wo bleibt er denn, du hast ihn mir doch versprochen!"

Zu Mittag verweigerte Wolfi die Nahrungsaufnahme. Schweigend und mit Finstermiene starrte er weiter aus dem Fenster. Auch seine Lieblingsplätzchen und Tee konnten ihn nicht locken, und nicht mal die Aussicht auf einen Haufen Geschenke sein fröhliches Kinderlachen erklingen lassen. Himmel noch mal! Omilein, die sonst die Ruhe in Person war, erhob den Blick erzürnt gegen die Zimmerdecke.

Gegen 15 Uhr waren sie dann beide ganz schön sauer - Wolfi und Oma. „Ja verdammt und zugenäht!", platzte ihr nun endlich der Kragen, „was kann ich schließlich fürs Wetter! Und überhaupt, ich ...!"

Da fiel ihr Wolfis plötzlich aufgeregt ins Wort. „Omaaaaa! Omilein!!! Schau mal, Schnee!!!"

Oma schoss zum Fenster und starrte angestrengt hinaus. „Wo?"

„Na da!" Wolfis Hand deutete gen Himmel. Und tatsächlich, dort schwebten so sieben bis acht Schneeflocken herab. Vielleicht auch weniger. Aber immerhin!

Wolfi hatte plötzlich heißglühende Wangen und wieder Hoffnung, und Oma schickte ein Stoßgebet zu dem dort droben, dass ihn bitte, bitte die Lust nicht verlassen solle, seine allmächtige Güte und Liebe unter Beweis zu stellen und das angefangene Werk zu Ende zu bringen.

So voller Hoffnung machten die beiden sich eine halbe Stunde später auf ins Badezimmer, um die Waschungen zu vollziehen, die nun mal nötig sind, bevor eine Rotznase wie Wolfi vom Christkind beschert wird. Und eine weitere halbe Stunde später standen sie dann geschniegelt und gebügelt am Fenster und ...

Sie hatten Freudentränen in den Augen. Ein junges und ein etwas älteres Herz waren voller Weihnachtsfreuden! Weiße Weihnacht und Mützchen auf den Zaunpfählen, soweit das Auge reichte! Wenn auch nur ganz kleine Mützchen und das Schneelaken nicht eben makellos - aber immerhin weiße Weihnacht!

Das schönste Geschenk

Roswitha Torgau war seit mittlerweile fast neun Jahren Großmutter. Ihr Haar hatte sie schwarz gefärbt, sie trug meist elegante Schuhe mit hohen Absätzen, und abends vor dem Schlafengehen trank sie zweifingerbreit Whisky. Das einzige, was sie mit dem Klischeebild einer Oma gemein hatte: sie konnte wunderbar Märchen erzählen. Wahrscheinlich war das der Grund, warum ihre beiden Enkelkinder 'alle Jahre wieder' darauf bestanden, dass Omi Weihnachten eine Woche zu ihnen nach Düsseldorf kam, obwohl sie dann zu zweit in einem Bett schlafen mussten, damit Omi das andere benutzen konnte.

Auch Roswithas Tochter Marie war dankbar für diese Besuche, denn Ihre Mutter fuhr mit den beiden täglich in die Innenstadt, wo sie irgendetwas unternahmen. Puppentheater, Zoo, Kaufhausbummel - und zu Hause konnte so lange das Christkind Vorbereitungen treffen.

Diesmal kam Omi fünf Tage vor Heilig Abend. Marie und die Kinder holten sie am Bahnhof ab. Weil Marie die ganze letzte Woche krank gewesen war, war sie dieses Jahr noch mehr in Stress als sonst. Sie verstaute Roswithas Gepäck im Wagen und übergab ihr die Enkel mit den Worten: „Hab einen dringenden Termin! Am besten, ihr geht gleich mal so richtig schön bummeln." Sie sah ihre Mutter beschwörend an und seufzte tief durch.

Roswitha verstand. Ein Meeting mit dem Weihnachtsmann, das vermutlich länger dauern und im elterlichen Schlafzimmerschrank enden würde. Der war um diese Zeit grundsätzlich abgesperrt, und der Schlüssel steckte sicherheitshalber in Maries BH. Nur was sie direkt am Herzen trug, war vor dem Zugriff der Kinder einigermaßen sicher. Um Weihnachten ließ die Neugierde selbst die harmlosesten Babys zur diebischen Elsternbrut werden.

Marie zog ab und Roswitha fragte: „Also, worauf habt ihr Lust?"

„Kaufhaus, Eisenbahn ankucken!", sagte der achtjährige Benjamin wie aus der Pistole geschossen.

„Ui ja, Kaufhaus", krähte auch seine drei Jahre jüngere Schwester Luisa mit glänzenden Augen.

Im Kaufhaus war die Hölle los! Es wurde gewühlt und geramscht, geschoben und gedrängelt, aber die Kinder störte das nicht. Konsumgeübt und mit treffsicherem Auge fanden sie immer genau die Tische oder Regale, die randvoll mit den neuesten und teuersten Waren angefüllt waren. Dieses Jahr war der Renner ein tierähnliches Wesen, das rülpsen konnte. Luisa war begeistert!

„Kaufst du mir das, Omilein?"

Roswitha sah auf den Preis und wurde blass. „Nein", sagte sie entschlossen, „rülpsen kann ich auch selbst. Wenn du willst, rülpse ich dir jederzeit etwas vor."

„Ui ja, Omi, rülps mal!"

Roswitha rülpste, und die Kinder lachten. Dann rülpsten sie auch. Das Tolle am Omasein war, dass man seine Erziehungsfehler nicht mehr selbst ausbaden musste.

Dank der Rülpserei hatten die Kinder das sündhaft teure, tierartige Wesen vergessen, und Roswitha, die sie langsam weitergeschoben hatte, blieb eine längere Auseinandersetzung erspart.

Dann fanden sie tatsächlich eine riesige Eisenbahnanlage mit allen Schikanen. Berge und Täler, Flüsse und Brücken, Dörfer und Bahnhöfe zum Ein- und Aussteigen und Verladen.

Benjamin bekam glänzende Augen und rote Wangen. „Boh, Mann, echt geil!", rief er begeistert aus und folgte den Zügen mit begehrlichen Blicken. Und dann enttäuscht: „So was kann ich nie, niemals haben. Weil mein Zimmer zu klein ist. Bloß, weil Papa kein Haus bauen will."

„Böser Papa", dachte Roswitha. Sie meinte das natürlich ironisch. Sie beneidete ihren Schwiegersohn, der den ganzen Tag schuftete, um seiner Familie wenigstens die gröbsten Wünsche von den Augen ablesen und dann erfüllen zu können, kein bisschen. Und sie war heilfroh, dass sie zu Zeiten des Konsumwahnsinns nur Oma zu sein brauchte.

„Das wäre das allerallerschönste Weihnachtsgeschenk für mich!", sagte Benjamin und starrte dem Intercity nach, der in einem Tunnel verschwand, um kurz darauf auf der anderen Seite des Berges wieder herauszukommen.

„Mein allerschönstes Weihnachtsgeschenk wäre ein Kinderauto, wie Carina und Olaf eins haben", sagte Luisa. Damit meinte sie ein batteriebetriebenes Fahrzeug zum Hineinsetzen und selbst fahren. Ein Tretauto genügte heutzutage nicht mehr!

„Ui ja, das wäre auch nicht schlecht", pflichtete ihr Benjamin sofort bei. Ausnahmsweise waren sich die Geschwister mal einig.

Benjamin stand da wie angewurzelt. Sein Blick zog Kreise und Achten wie der Zug. Jetzt hätte die Welt untergehen können oder eine Bombe einschlagen, er wäre nicht von der 'Boh-Mann-geil-Eisenbahn' gewichen.

„Bombe einschlagen", hallte es in Roswithas Gedanken nach, und als hätte die kleine Luisa ihre

Assoziationskette weiterführen wollen, fragte sie plötzlich: „Was war eigentlich dein schönstes Weihnachtsgeschenk, Omi? Ich meine, als du noch klein warst?"

Wie eine magische Diaprojektion direkt aus der Vergangenheit, stand plötzlich das Bild eines Teddys vor Roswithas Augen. Etwa 15 cm groß und mit zwei schwarzen Knopfaugen.

Sie war ein wenig jünger als Luisa gewesen. Das letzte Kriegsjahr, und statt des Christkinds flogen Flugzeuge am Himmel, die ihre Bomben über der Stadt abwarfen. Kein Tag, an dem sie nicht in den verhassten Bunker mussten, wo es dunkel war und nach Angst roch. Obwohl es nichts zu kaufen gab und ihre Mutter auch gar kein Geld gehabt hätte, um etwas zu kaufen, lag am 24. Dezember ein Päckchen in der Schublade des Küchenbuffets. Es war nur eine Handspanne groß und in Zeitungspapier verpackt, aber ein rotes Schleifchen war herumgebunden. Und wenn es endlich dunkel sein würde, da war sich Roswitha ganz sicher, dann würde ihre Mami die Kerze auf dem Tannenreiser anzünden und ihr das Päckchen zum Öffnen geben.

Roswitha saß am Tisch und malte mit einem Bleistiftstummel Sterne in ein altes Notizbuch. Ihre Mutter stand daneben und schnitt einen halben Kohlkopf in feine Streifen, der zusammen mit drei

Kartoffeln und etwas Fleisch einen Eintopf ergeben sollte. Da schrillten schon wieder einmal die
Sirenen. Bemüht, sich ihre Angst nicht anmerken
zu lassen, sprang die Mutter auf und sammelte has-
tig alles zusammen, was sie mit in den Bunker nehmen wollte. Roswitha schob schnell Bleistift und
Notizbuch in ihre Schürzentasche und zog Mantel
und Schuhe an. Dann war auch schon ihre Mutter
da, packte sie an der Hand und zog sie mit sich ins
Treppenhaus.

Sie waren bereits draußen, überquerten den ver-
schneiten Hof, da fiel Roswitha das Päckchen ein.

„Das Päckchen!" rief sie, aber ihre Mutter reagierte
nicht, zerrte sie weiter, die Straße hinunter Richtung
Bunker.

„Das Päckchen, mein Weihnachtsgeschenk!"
Roswitha fing zu weinen an, und mit jedem Schritt
brüllte sie lauter. Auf einmal riss sie sich los und lief
zurück. Ihre Mutter rief hinter ihr her, aber das konnte
Roswitha nicht davon abhalten, ihr Päckchen zu
holen.

„Roswitha! Roswitha!"

Da waren plötzlich zwei starke Arme, die rissen sie
hoch und wirbelten sie herum, und als sie nicht aufhörte, um sich zu schlagen, zu schreien und zu
brüllen, bekam sie eine saftige Ohrfeige. Danach
fühlte sie nichts mehr, als diesen schrecklichen

Schmerz in ihrer Brust. Ihr Päckchen war verloren, die Bomben würden einschlagen und es zerstören, und sie würde nie, niemals wissen, was darin war.

Im Bunker, setzten die zwei Arme sie auf den Schoß ihrer Mutter. Sie gehörten zu Herrn Gustav, einem alten Mann, der Hauswart war und manchmal etwas in ihrer Wohnung reparierte. Dort weinte sie weiter ihre bitteren Tränen - sie wusste nicht wie lange, bis ihr plötzlich jemand auf die Schulter tippte.

„Na, nun weine mal nicht mehr, da ist ja dein Päckchen!"

Roswitha drehte sich um, und da stand Herr Gustav, wie der Weihnachtsmann persönlich und hielt ihr das Päckchen hin.

Sie nahm es an sich. Sie öffnete es nicht, sie hielt es nur fest an sich gepresst. Die ganze Zeit über, während es draußen toste und barst.

Als sie zwei Stunden später wieder in ihre Wohnung konnten, war wie ein Wunder nichts zerstört, obwohl zwei Häuser weiter nur noch eine große Lücke klaffte. Der Kohl, die Kartoffeln, das Fleisch lagen da, als wäre nichts gewesen. Nur das Bild ihres Vaters war von der Wand gefallen.

Ihre Mutter verschwand und kam kurz darauf mit Herrn Gustav zurück. „Er hat sein Leben für dich riskiert", sagte sie, „jetzt soll er mit uns essen."

Sie zündete die Kerze an, und Roswitha öffnete ihr Päckchen. Ein kleiner Teddy war drin, den hatte ihre Mutter aus alter Strumpfwolle gehäkelt, dann in jede Masche Fransen eingeknüpft und anschließend kurzgestutzt. So hatte er ein richtiges weiches Teddyfell.

Roswitha liebte diesen Teddy mehr als alles andere auf der Welt, und sie besaß ihn heute noch, wenn ihm auch längst die die Fransen ausgefallen waren. Sie hatte ihn Herr Gustav genannt, so wie der Mann hieß, der vier Wochen später an einer Lungenentzündung gestorben war, weil es keine Medikamente gab.

„Omi!", rief Luisa und zupfte Roswitha am Ärmel. „Sag doch endlich, was war dein schönstes Geschenk!"

„Ein Teddy", antwortete Roswitha.

„Bloß ein Teddy?" fragte die Kleine erstaunt.

Roswitha lächelte und strich ihr übers blonde Haar. „Ja, bloß ein Teddy."

Wenn kleine Engel flügge werden

Donka füllte gerade Cornflakes in eine Schale, als ihr sechzehnjähriger Sohn David in die Küche getrudelt kam.

„Hi Mam!", er klopfte ihr den Rücken, „hi Pa!", schwang sich rittlings auf seinen Stuhl und grinste seine Eltern fröhlich an.

„Gut geschlafen?", fragte er seinen Vater.

„Wie ein Bär", behauptete Frank, ohne von seiner Zeitung aufzusehen.

„Und woher willst du wissen, wie ein Bär schläft?", fragte David neunmalklug, während er mit zwei Messern auf dem Tisch Schlagzeug übte und dazu seltsame Kehllaute ausstieß: „A-gu-du-du-a!"

Himmel, und das schon am frühen Morgen! Frank sah von seiner Zeitung auf und David durchdringend an. „Sechzehnjährige Söhne sind so ziemlich das Unerträglichste, was es auf Gottes Erdboden gibt", sagte er und David konterte: „Stimmt, nur Väter sind schlimmer!" Er grinste Frank breit an, der schüttelte lachend den Kopf und vergrub sich wieder hinter der Zeitung.

Donka brachte Cornflakes und Milch und setzte sich. Sie goss Kaffee ein, Frank köpft sein Ei, David schob sich einen Löffel Cornflakes hinter die Kiemen und mampfte: „Wenn sechzehnjährige Söhne so unerträglich sind, dann macht es euch ja sicher nichts aus, dass ich Weihnachten nicht da bin, oder?"

Ein paar Sekunden war es unüberhörbar still. Frank und Donka tauschten bestürzte Blicke, dann sahen sie David an und fragten wie aus einem Mund: „Wieso nicht da?!"

„Will mit Tobi und seiner Schwester und 'n paar anderen auf 'ne Skihütte. Vom 24. Dezember bis 7. Januar." Diese Mitteilung war ihm noch nicht einmal wert, seine Nahrungsaufnahme zu unterbrechen, er stopfte weiter fröhlich in sich hinein. Erst als ihm die ungewöhnliche Schweigsamkeit seiner Eltern bewusstwurde, sah er auf und in ihre bestürzten Gesichter. „Was is'n?", fragte er - und als keine Antwort kam: „Ach so, ich weiß schon! Keine Angst, das kostet euch nicht mehr als 'n paar Konservendosen und 'ne Liftkarte. Bin nämlich eingeladen."

„Ja aber ...", murmelte Donka, sah hilfesuchend zu Frank, der sich zuerst am Kinn kratzte, dann gottergeben seufzte.

Im selben Moment klingelte das Telefon. David sprang auf - „is' für mich!" - und stürzte hinaus.

„Und nun?" Donka stützte ihren Kopf in beide Hände und starrte ratlos vor sich hin. „Heiliger

Abend ohne Kinder ist doch wie ein Frühstück ohne Kaffee! Ich dachte wenigstens David würde uns noch ein paar Jahre bleiben."

Frank tätschelte ihr väterlich den Arm. „Sei nicht traurig, Donni."

„Bin ich aber!"

„Feiern wir eben alleine."

„Wir alleine? Du und ich?" Donka lachte bitter, ihre Augen glänzten verdächtig. „Ich sehe es schon deutlich vor mir. Du stehst vor der Wohnzimmertür und trittst erwartungsvoll von einem Füßchen aufs anderen. Ab und zu versuchst du, durchs Schlüsselloch zu gucken, vor das ich natürlich von innen einen Schal gehängt habe. Ich kann mich drinnen nicht recht entscheiden, wo unter den Christbaum ich dein Geschenk legen soll. Rechts? Links? Oder vielleicht in die Mitte? Ich entscheide mich für die Mitte, weil es optisch am schönsten ist, dann zünde ich glückstrahlend die Kerzen an, klingle mit dem Glöckchen, die Tür geht auf und - herein kommst du! Du rufst entzückt: „Ach wie hübsch!", und stürzt dich voller ungezügelter Freude auf dein Päckchen."

Frank lachte und schüttelte den Kopf. „Aber geh, Donka, so feiern wir doch schon lange nicht mehr."

„Weiß ich. Aber trotzdem!" Sie seufzte.

„Damals", sagte Frank, „in den ersten drei Jahren unserer Ehe, als wir noch keine Kinder hatten und in dieser stickigen Dachwohnung in der Breslauer Straße hausten, haben wir doch auch recht schöne Weihnachten gefeiert. Nur du und ich." Er würzte seine Stimme mit einem Hauch Erotik und grinste anzüglich.

„Damals", entgegnete Donka, „waren wir ja auch noch ineinander verliebt." Sagte es und biss sich auf die Lippen.

Franks Blick traf sie voll. Manchmal hatte Donka eine Art, ihm die Wahrheit um die Ohren zu schlagen, wie einen nassen Sack! Natürlich wurden sie nicht mehr von leidenschaftlichen Herzbeben erschüttert, nach fast dreiundzwanzig Jahren Ehe, aber immerhin verstanden sie sich doch gut und waren zufrieden miteinander.

„Eigentlich seltsam", murmelte Frank nachdenklich, „das Küken wird erwachsen und macht sich davon, und wer muss fliegen lernen? Die Eltern!"

„Unsinn! Wieso fliegen lernen?"

„Na ja, solange unsere drei Kinder noch im Haus waren, haben wir für sie gelebt. Oder schlimmer noch, wir haben uns von ihnen leben lassen. Jetzt sind sie alle weg, wir werden auf uns zurückgeworfen und müssen der Wahrheit ins grinsende Gesicht sehen."

„Welcher Wahrheit?", fragte Donka gereizt.

„Ohne die Kinder wissen wir nichts mit uns anzufangen."

„Unsinn!" Diesmal war Donka es, die Frank gekränkt ansah. „Es geht nur um Weihnachten und dass Weihnachten ohne Kinder kein richtiges Weihnachten ist. Also mach bitte keine Ehekrise draus!" Sie stand auf, begann unmutig den Tisch abzuräumen und schmollte vor sich hin. Aber irgendwo ganz tief drin wusste sie natürlich, dass Frank recht hatte - vielleicht war sie deshalb so wütend. „Am besten", schimpfte sie, „wir finden uns mit der Tatsache ab und sehen die Sache realistisch. Von nun ab kein Heiliger Abend mit Bescherung und solchem Kram mehr. „Sie stellte die Tassen ineinander und trug sie zur Spüle. „Ich bestelle den Christbaum in der Gärtnerei ab. Für uns lohnt sich der Aufwand ja doch nicht. Außerdem würde ich angesichts eines Christbaumes vermutlich nur sentimental werden. Oder legst du besonderen Wert auf einen Baum?"

„Nein, bestell ihn ruhig ab, wenn du das willst", sagte Frank, obwohl ihm durchaus an einem Baum gelegen war.

„Wir lassen Heilig Abend einfach ausfallen. Keine Geschenke, kein Getue, wir nehmen uns ein Buch, hören ein bisschen Musik und gehen ins Bett, wenn wir müde sind. Ein Abend wie jeder anderen, was soll's!" Donka machte eine Wegwerfende Handbewegung, knallte laut den Küchenschrank zu und rauschte hinaus.

Sehr früh am 24. Dezember wurde David von seinen Freunden abgeholt. Tobis Vater brachte die Meute mit seinem Kleinbus zur Hütte, die den Eltern des Freundes von Tobis Schwester gehörte. Oder so ähnlich. War ja auch egal, David war weg, das alleine war für Donka Sache.

Sie gab sich die größte Mühe so zu tun, als wäre nichts, rein gar nichts an der Hand. Es war der 24. Dezember, hätte aber auch der 5. August sein können. Abgesehen vom Wetter natürlich. Tage kommen, Tage gehen! Sie machte die Betten, schüttelte die Vorleger aus, saugte den Boden und putzte das Waschbecken. Draußen schneite es, aber genauso würde es am 16. Januar, am 28. Februar oder am 5. März schneien. Dass die im Radio ständig Weihnachtslieder brachten - na und? Im Fasching spielten sie Stimmungsmusik und an lauen Sommernächten Frank Sinatra. Außerdem war sie sowieso am Staubsaugen, da hörte sie nichts.

Später ging sie einkaufen und kam ganz zufällig am Christkindlmarkt vorbei. Eigentlich wollte sie ja in diesem Jahr neue Kugeln besorgen, aber das Geld konnte sie sich jetzt sparen. Dafür würde sie sich im

Schlussverkauf nach einer Wildlederjacke umsehen, so was wollte sie sich schon lange mal leisten. Das Leben konnte so schön sein, man musste eben nur die richtige Einstellung haben! Und dass ihr jetzt, als sie sah, wie ein Kaufhaus-Weihnachtsmann ein kleines Mädchen auf den Arm nahm, Tränen übers Gesicht liefen, das tat überhaupt nichts zur Sache!

Jemand fragte sie: „Fehlt Ihnen etwas?"

Donka sah auf und in das besorgte Gesicht eines älteren Herren. Sie schüttelte den Kopf, drehte sich um, wischte sich schnell die Tränen aus dem Gesicht und begann verlegen in einem Ramschtisch zu wühlen. Und da dachte sie: „Weihnachten einfach ausfallen lassen geht eben genau so wenig, wie aus Ostern Pfingsten zu machen.

Frank führte ein Schreibwarengeschäft. Die Einnahmen am 24. Dezember waren noch nie spektakulär gewesen, aber den Laden einfach zu schließen, wäre der Stammkunden wegen nicht klug gewesen. Seine einzige Angestellte, Frau Hochfelten, ging am Heiligen Abend eine Stunde früher als er nach Hause, das hatte sich so eingebürgert. Sie schlüpfte in ihren Mantel, nahm ihre Tasche, baute sich vor Frank auf und betrachtete ihn besorgt.

„Was ist?", fragte Frank. Er sah verwirrt an sich hinunter, lachte dann. „Irgendetwas nicht in Ordnung bei mir?"

„Das wollte ich eigentlich Sie fragen."

„Ich verstehe nicht ... wie meinen Sie das?"

„Sie seufzen, Herr Fuchs!"

„Ach ja? Wie schrecklich!" Er lachte. Aber Frau Hochfelten ließ sich nichts vormachen.

„Ich arbeite jetzt seit sechzehn Jahren bei Ihnen, und in all den Jahren haben sie nicht so viel geseufzt, wie in der letzten Woche. Heute habe ich mal mitgezählt - vierundzwanzig Mal in sechs Stunden! Gerade eben, als Frau Hoppe das Geschenkpapier gekauft hat, gleich dreimal hintereinander!"

„Reife Leistung!", versuchte Frank zu scherzen. Doch Frau Hochfelten lachte nicht, sah ihn nur an, und da seufzte Frank schon wieder.

Es war nicht seine Art, anderen Leuten seine Sorgen zu erzählen, aber jetzt tat er es. Frau Hochfelten hatte selbst zwei Söhne, beide schon aus dem Haus und demnach hatte sie das, was Donka und er jetzt durchmachten, längst hinter sich.

„Wie war das denn bei Ihnen?", fragte er, nachdem er ihr von seinen Weihnachtlichen Familienproblemen erzählt hatte.

„Ganz ähnlich. Unser Jüngster war achtzehn und in ein Mädchen verliebt, das hier arbeitete, aber ihre

Eltern wohnten irgendwo im Bayerischen Wald. Er
fuhr mit ihr zu ihren Eltern und verbrachte Weihnachten dort. Und der älteste feierte mit seiner Frau bei
seinen Schwiegereltern.“

„Und haben Sie genauso ... so verzweifelt reagiert,
wie meine Frau?“

„Ich nicht, aber mein Mann. Er behauptete, seine
Kinder würden ihn nicht lieben, weil sie es vorzogen,
bei andern Menschen das Fest zu verbringen. Ach, er
benahm sich einfach wie ein alter, störrischer Esel!“
Sie schüttelte missbilligend den Kopf. „Wollte sich
in seinen Schmollwinkel verziehen, um sich in Ruhe
leidtun zu können. Um Himmels willen keinen
Christbaum, kein Festessen, keine Geschenke!“

„Genau wie meine Frau! Und was haben Sie getan?“

„Habe mich einfach nicht drauf eingelassen. Ich
habe ihm gesagt, er könne ja ins Bett gehen, wenn
ich ihm nicht genüge, ich jedenfalls würde Weihnachten feiern. Dann eben alleine! Ich hab' einen
Baum gekauft, ihn geschmückt, einen Karpfen besorgt - und natürlich hat er mitgefeiert. Er hatte sogar
ein sehr wertvolles Geschenk für mich, obwohl wir
'alten' uns vorher immer nur eine Kleinigkeit geschenkt haben.“

Frau Hochfelten zog plötzlich den Mantel wieder
aus. „Wissen Sie, Herr Fuchs, die Weihnachtsfeste

mit den Kindern waren schon schön, aber die ohne Kinder sind es auch. Nur anders eben." Damit ging sie ins 'Kabäuschen' hinter dem Laden und kam ohne Mantel wieder zurück.

„Was ist", fragte Frank, „wollten Sie denn nicht eben nach Hause gehen?"

Sie lächelte. „Wollte ich", sagte sie, „aber jetzt übernehme ich den Laden und Sie laufen los und besorgen noch was für heute Abend."

Donka war in der Küche, als sie Frank kommen hörte. Sie schob schnell die Bratenpfanne ins Rohr, schlüpfte aus der Schürze und lief in die Diele. Dort zog sie die Hausschuhe aus, die schwarzen Pumps an, und gerade als sie sich aufrichtete ging die Tür auf, und Frank stand vor ihr. Er war bepackt bis unters Kinn. Im rechten Arm hielt er einen ziemlich armseligen Christbaum, der letzte kleine, den er auftreiben konnte. Im linken ein Paket und an der Hand baumelte eine Tragetasche.

Donka staunte nicht schlecht. „War doch ausgemacht, wir feiern nicht", sagte sie und zog die Augenbrauen hoch.

„Ja aber, ich dachte ..." Frank verstummte.

„Was dachtest du?"

„Ich dachte ... und überhaupt, wie siehst du denn aus?" Er legte seine Schätze ab, stützte die Hände in die Hüften und sah Donka aus zusammengekniffenen Augen streng an. „Für jemanden, der nicht feiern will, ziemlich elegant, würde ich sagen."

Sie zog eine Schnute und sah an sich runter. Sie trug einen neuen, glitzernder Jumpsuit, und schwarze High Heels. „Och", sagte sie, ich habe mich halt ein bisschen hübsch gemacht. Und dann lachte sie. „Und was ist das da in deiner Tüte?"

Frank zog zwei Flaschen heraus. „Einmal Sekt, einmal Weißwein vom Besten."

„Das passt ja wie bestellt. Ich habe nämlich Ente im Herd. Ist zwar für zwei Übergebliebene wie uns zu viel, aber dann essen wir eben morgen Aufgewärmtes." Donka griff hinter sich, klinkte die Wohnzimmertür auf und gab ihr einen Schubs. „Treten Sie ein, mein Herr", sagte sie lächelnd und gab den Blick frei.

Am Fenster stand ein Christbaum, die Kerzen brannten schon, der Tisch war festlich gedeckt und Donka lachte glücklich. „Moment!", rief sie, lief zum Plattenspieler und schaltete ihn ein. „Tanzmusik der sechziger Jahre. Ich dachte ... na ja ..."

Frank war inzwischen auf sie zugegangen, jetzt nahm er sie in die Arme. „Was dachtest du?", fragte er und küsste sie sehr ausgiebig."

„Ich dachte ..."

„Das Denken soll man den Pferden überlassen, die haben größere Köpfe!“, kam es da plötzlich von der Tür.

Donka und Frank fuhren auseinander. „Ja David, was tust du denn hier?!“

„Och, ich hatte Zoff mit den anderen. Sind doch alles blöde Säcke sind das doch! Dachten, ich würde ihren Laufburschen spielen, aber nicht mit mir!“ Er knallte seinen Rucksack hin und grinste seine Altvorderen fröhlich an. „Jedenfalls, da bin ich wieder! Ihr habt euren geliebten Sohn zurück!“

„Geliebter Sohn?“ Frank machte: „Ha, ha, ha!“ Er tauschte mit Donka Blicke die Bände sprachen.

Donka lächelte, aber etwas an ihrem Lächeln gefiel David gar nicht. „Soso, da bist du wieder!“ Ihr seltsames Lächeln vertiefte sich noch um einiges. Sie hakte sich bei ihrem 'Kleinen' unter und zirpte: „Du bist aber hier nicht erwünscht, mein Sohn!“

David sah seine Mutter entgeistert an, dann zu Frank hinüber, der nun ebenfalls so komisch lächelte und ihr beipflichtete: „Ganz meine Meinung, mein Junge!“

„Ja aber ...“ David schluckte. „Ihr könnt mich doch an Heilig Abend nicht auf die Straße schicken!“

„Hat ja auch keiner vor.“ Donka ging zum Telefon, wählte, wartete, streckte sich plötzlich. „Tag Mutti! Alles zur Zufriedenheit bei euch? Na fein!

Dann schicke ich euch jetzt einen lieben kleinen Weihnachtsengel hinüber. Ich bin überzeugt, ihr habt eure Freude an ihm. Und behaltet ihn mindestens bis morgen, meinetwegen auch länger. Alles Weitere erzählt er euch gleich selbst. Und frohe Weihnachten noch!" Donka hing ein, verschränkte die Arme und sah David auffordernd an.

„Jaja, ich geh ja schon!", murrte er, nahm seinen Rucksack und zog Leine. „Da soll sich noch einer auskennen", maulte er, als er die Tür hinter sich zuzog und beleidigt die Treppe hinunterpolterte. „Erst ziehen sie einen Flunsch, weil man sich ohne sie vergnügen möchte, und wenn man dann netterweise zurück kommt ... na ja, Erwachsene eben!"

Fred Astaire und der Nikolaus

Antonia stoppte an der Ampel und schaltete den Scheibenwischer ein. Vereinzelt tanzten Schneeflocken vom Himmel. Der erste Schnee dieses Jahr, und wenn der Wettergott mitspielte, konnten sie am Wochenende schon Alessias neuen Schlitten einweihen. Antonia sah lächelnd auf den Rücksitz. Dort lag das Prachtstück. Sie brachte es gerade zum Studentendienst. Am Freitag würde er dann 'vom Nikolaus höchst persönlich' bei Alessia abgegeben werden.

Die Ampel sprang auf Grün, und Alessia fuhr an. Sie bog nach rechts in die Seitenbacher ein, und dann sah sie ihn plötzlich - Reinhard in Anzug und schwarzen Schuhen, aufgemotzt, als würde er auf eine vornehme Party gehen. Ihr Fuß trat auf die Bremse, der Wagen rutschte ein wenig, und Antonia hätte fast ein parkendes Auto gerammt.

Als sie ihren Blick wieder nach links wandte, sah sie eine junge, blonde Frau auf Reinhard zukommen. Sie streckte beide Arme nach ihm aus, zog ihn an sich und küsste ihn rechts und links auf die Wange.

Antonias Herz machte einen Satz, dann pochte es so heftig, dass sie es in den Schläfen fühlte. Reinhard mit einer anderen Frau! Und ihr hatte er gesagt, er müsste heute unbedingt noch arbeiten. Ein wichtiges

Geschäftsessen. Darum könne er den Abend leider nicht mit ihr und Alessia verbringen.

Das war also sein Geschäftsessen! Und sie hatte geglaubt, dass er sie wirklich liebt! Und dass er anders war als die Anderen ... anders, als Heiner, ihr Exmann!

Hinter ihr hupte es. Antonia blinzelte sich die Tränen aus den Augen und fuhr weiter. Zum Studentendienst, dann zu ihrer Mutter, um Alessia abzuholen, und nach Hause.

„Du siehst so traurig aus, Mami", sagte Alessia beim Essen.

„Ach nein, ich bin bloß müde. Es war so anstrengend heute."

„Liest du mir noch eine Geschichte vor?"

„Natürlich. Aber erst waschen, und ab ins Bett."

Als Alessia schlief, schaltete Antonia das Fernsehen ein. Sie starrte blicklos auf den Bildschirm. Irgendjemand sprach von Weihnachten und der Liebe. Natürlich sollte man sich das ganze Jahr über lieben. Aber es sei doch nichts Falsches daran, sich ein paar Wochen im Jahr noch mehr als sonst mit seinen Gefühlen auseinanderzusetzen. Alles hat seine Zeit. Im Fasching sei man lustig, im Sommer gesellig, zu Weihnachten besinnlich.

„Besinnlich", dachte Antonia. „Liebe!"

Und dann klingelte das Telefon.

Es war Reinhard. Im Hintergrund leise Walzerklänge.

„Wo bist du?" fragte Antonia mit tonloser Stimme.

„Im ‚Weißen Schwan‘."

„Du lügst", sagte sie ihm auf den Kopf zu. „Ich habe dich gesehen. Mit einer blonden Frau. Ziemlich hübsch. Und es war nicht beim ‚Weißen Schwan‘, sondern am anderen Ende der Stadt. Bitte ruf mich nie wieder an." Damit legte sie auf.

Zwei oder drei Minuten später klingelte das Telefon wieder. Antonia nahm ab.

„Bitte, Antonia, das ist ein Missverständnis, du musst mir glauben ..."

„Ich habe keine Lust auf deine Lügen!" Sie knallte den Hörer auf.

Es klingelte noch einmal, doch nun nahm sie nicht mehr ab. Als ob das etwas helfen würde, ging sie ins Bad und schloss sich ein.

Als sie am Morgen ins Büro kam, lag ein Zettel auf ihrem Tisch. Bitte sofort Reinhard anrufen, er kann alles erklären!

Antonia zerknüllte den Zettel und warf ihn weg. Sie bat Rita, ihre Gespräche entgegenzunehmen und nur dann an sie weiterzuleiten, wenn es nicht Reinhard war.

Mittags stand Reinhard vor der Firma. Als Antonia ihn sah, bat sie Rita, in ihrem Wagen mitfahren zu dürfen. An der nächsten Ecke stieg sie aus und ging zu Fuß weiter.

Rita kurbelte das Fenster runter und fuhr ein paar Schritte neben ihr her. „Hör mal", sagte sie, „du solltest ihm wenigstens die Möglichkeit geben, alles richtigzustellen."

Antonia sah sie wie aus weiter Ferne an, dann ging sie davon, ohne eine Antwort zu geben. Rita zuckte die Schultern und murmelte: „Weil einer ein Schwein war, müssen es doch nicht gleich alle sein!"

Die Nacht verbrachte Antonia mit dem Kind bei ihrer Mutter. „Mir ist nicht gut, ich glaube, ich habe mich erkältet log sie."

Erst am Freitag fuhr sie wieder nach Hause. Der Kleinen wegen, weil doch der Nikolaus kam. Sie warf ihre Tasche aufs Sofa und starrte den Anrufbeantworter an. Er blinkte. Zwölf Anrufe, entnahm sie dem Display. Vermutlich alle von Reinhard. Antonia löschte sie, dann goss sie Tee auf und legte sich mit Alessia bäuchlings auf den Teppich, um ein Puzzle zusammenzusetzen.

„Glaubst du, der Nikolaus kommt auch zu mir?", fragte die Kleine mit vor Aufregung glänzenden Augen.

„Na, was meinst du, warst du brav?"

Alessia dachte ernsthaft nach. „Nicht immer. Aber meistens schon."

„Dann kommt der Nikolaus bestimmt!" Und wie auf Bestellung klingelte es im selben Moment.

Antonia öffnete vorsichtshalber nur einen Spaltbreit. Als sie sah, dass es tatsächlich 'der Nikolaus' war und Alessias Schlitten geschultert hatte, trat sie von der Tür zurück.

„Ist die kleine Alessia auch zu Hause?", fragte der Mann mit tiefer Stimme.

Alessia stand schon in der Wohnzimmertür und sah ihn aus großen Augen halb erwartungsvoll, halb ängstlich an. „Ich bin hier", hauchte sie und schob gleich alle Finger in den Mund.

„Ah!" sagte der Nikolaus und betrat die Wohnung. „Auf dich war ich ja ganz besonders neugierig! Ich habe von deinem Engel nämlich gehört, dass du ein liebes und artiges Mädchen bist!"

„Hab ich denn einen Engel?", fragte Alessia erstaunt.

Der Nikolaus nickte. „Alle Menschen haben einen Engel, und auch wenn sie ihn nicht sehen können, ist er immer in ihrer Nähe." Er ging zu Alessia und schob sie ins Wohnzimmer, stellte dann den Schlitten ab und setzte sich drauf. Jetzt konnte er Alessia von Angesicht zu Angesicht in die Augen sehen.

„Meistens", sagte er dann, „passt der Engel auch gut auf seinen Schützling auf. Nur manchmal, wenn er gerade abgelenkt ist ..."

Er brach ab, und Alessia stellte ihre eigenen Überlegungen an. „Du meinst, wenn er zum Beispiel aufs Klo muss oder gerade schläft?"

Der Nikolaus kicherte leise. Dann räusperte er sich und sagte mit tiefer Stimme: „Richtig! Wenn er gerade mal aufs Klo muss - dann kann es schon sein, dass etwas schiefläuft.

„Hat meine Mami auch einen Engel?"

Der Nikolaus sah Antonia an, lange und mit einem Blick, der sie bis in alle Tiefen traf. Diese Augen erinnerte sie an jemanden ... aber der riesige Weiße Bart und die Mütze so tief ins Gesicht gezogen! Antonia kam einfach nicht drauf, an wen.

„Ja, sie hat auch einen Engel", antwortete der Nikolaus. „Aber der hat neulich einmal gar nicht gut auf sie aufgepasst. Er hat zugelassen, dass sie Reinhard ausgerechnet dann gesehen hat, als er ein Weihnachtsgeschenk für sie vorbereitet hat."

„Du meinst unseren Reinhard?", fragte Alessia.

Der Nikolaus nickte, und Antonia begriff schlagartig, wen sie da vor sich hatte! Wie konnte er nur! Und wie konnten die vom Studentendienst ihren Auftrag einfach an einen für sie Fremden abgeben! Also, die würden was von ihr zu hören bekommen!"

„Und was hat er für die Mami zu Weihnachten vorbereitet?" Alessias Neugierde war geweckt, darauf hatte Reinhard gehofft.

Er beugte sich dichter zu dem Kind und flüsterte, allerdings laut genug, dass Antonia mithören konnte: „Du weißt doch, wie gerne die Mami zum Tanzen geht?"

Alessia nickte heftig.

„Und Reinhard mag nicht besonders gerne tanzen, weil er es überhaupt nicht kann."

„Genau!", sagte Alessia. „Und deshalb ist die Mami oft stinkesauer."

„Und da ist der Reinhard mit einer jungen Kollegin, die auch nicht tanzen kann und es unbedingt lernen wollte, heimlich in die Tanzstunde gegangen. Und dann wollte er deiner Mami zu Weihnachten einen Gutschein für einen Abend im Tanzpalast schenken und sie damit überraschen, dass er plötzlich der reinste Fred Astaire ist."

„Was ist ein Fred Astaire?", fragte Alessia erstaunt.

Der Nikolaus kicherte, und auch Antonia lachte nun wieder.

„Auf alle Fälle hat Antonia Reinhard mit dieser jungen Frau gesehen, und jetzt denkt sie, er liebt sie nicht mehr. Siehst du, und daran war bloß Mamis

Engel schuld - er hat eben nicht gut genug auf sie aufgepasst."

„Aber Reinhard liebt Mami doch, das weiß ich
sicher!", ereiferte sich Alessia sofort. „Weil er hat
sie einmal nachts so fest an sich gedrückt, dass sie
ganz laut gestöhnt hat!"

Antonia wurde knallrot und verschwand plötzlich
in der Küche. Als sie wieder zurückkam, saß Alessia
auf ihren Schlitten und strahlte sie an. „Kuck doch
Mami, was für ein toller Schlitten! Und der ist für
mich vom Nikolaus! Und weißt du, was ich mir außerdem noch ganz fest wünsche?"

Antonia schüttelte den Kopf.

„Dass du und Reinhard gleich morgen mit mir
rodeln geht!"

Antonia lächelte. Sie sah von Alessia zum Nikolaus und wieder zu Alessia. „Ich glaube", sagte sie,
„das lässt sich machen."

Oje, du Fröhliche ...

Wenn Juliane behaupten würde, Oma sei sparsam, dann wäre das sehr höflich ausgedrückt. Oma war ein herzensguter Mensch, aber geizig bis dorthinaus! Und damit war sie das ideale Opfer für zweifelhafte Werbekampagnen.

Im letzten Jahr wollte eine gewisse Firma, die Handtücher, Geschirrtücher und Tischwäsche vertreibt, am großen Weihnachtsgeschäft teilhaben. Weil aber heutzutage derlei Dinge nicht mehr sehr oft unter den Weihnachtsbaum gelegt werden, musste man sich etwas Verkaufsförderndes einfallen lassen. Das war dann die alte Idee mit den Rabattmarken nur etwas aufgeputzt und modernisiert. An jedem Handtuch, Waschlappen, Geschirrtuch hing eine Wertmarke aus Plastik, die beim Kauf an der Kasse je nach Art und Preis des erworbenen Stückes als zwei, fünf oder zehn Punkte auf eine Art Scheckkarte gestanzt wurde. Für die vollends gefüllte Scheckkarte gab es dann ein mit Weihnachtsmotiven besticktes Tischtuch umsonst.

Das Zauberwort 'umsonst' traf Oma mitten ins Herz. Wenn es etwas umsonst gibt, dann muss man doch zugreifen. „Es wäre doch geradezu Verschwendung, wenn man's nicht täte!" Sie sah Juliane fest an.

Oma beschloss die Chance zu nutzen. Sie kaufte sofort zehn Handtücher und zehn Waschlappen und staunte dann, dass sie nur 58 Punkte bekam, wo sie doch 100 für ein Tischtuch benötigte. Sie hätte so gerne gleich das Tischtuch-Umsonst mitgenommen!

Die Verkäuferin tröstete sie: „Die Scheckkarte behält ihren Wert bis Ende des Jahres, solange geht ihnen kein Punkt verloren!"

„Und dann?", wollte Oma alarmiert wissen.

„Ab 6. Januar sind die Punktekarten ungültig."

„Wie? Alle Punkte? Dann kriegt man nichts mehr dafür?"

„Nein, leider nicht. Aber bis 5. Januar für jede volle Karte eins von den wunderschönen Tischtüchern mit Weihnachtsmotiv!" Verbindliches Lächeln.

Oma ging nach Hause. Sie hatte ihr ganzes Geld für Handtücher und Waschlappen ausgegeben. Fast achtzig Euro! Da musste sie dann eben morgen noch mal kommen, nachdem sie auf der Bank gewesen war.

Am nächsten Tag ging Oma wieder in dieses Kaufhaus, kaufte weitere zehn Handtücher und freute sich schon auf ihre Tischdecke. Aber die Verkäuferin schüttelte den Kopf.

„Ein Punkt zu wenig, gute Frau, da müssen Sie noch etwas nehmen!"

Oma holte einen Waschlappen. Aber nun hatte sie zwei Punkte zu viel, und das wäre doch Verschwendung gewesen! Also gab sie ein Handtuch zurück, tauschte es durch drei Waschlappen aus, doch dann fehlten wieder ein Punkt. Sie versuchte es mit einem Waschlappen mehr, hatte wieder einen Punkt zu viel - wie sie es auch drehte und wendete, die Rechnung ging einfach nicht auf!

Oma nahm zehn Handtücher und einen Waschlappen und ließ sich den übergebliebenen Punkt auf eine neue Karte stanzen. Dann nahm sie glücklich ihre mit Weihnachtsmotiven bestickte Tischdecke samt Handtüchern und Waschlappen entgegen und ging nach Hause.

Aber der übergebliebene Punkt bereitete ihr Kopfzerbrechen. Welch gottlose Verschwendung, den Punkt einfach so mir nichts dir nichts zu verschenken! Oma, sonst sehr gesellig und immer zu Späßen aufgelegt, war plötzlich verschlossen und schließlich kaum noch anzusprechen. Sie hatte einige schlaflose Nächte hinter sich und machte uns ernsthafte Sorgen. Auf Julianes Frage, was ihr so zusetzte, antwortete sie aber immer nur: „Kann ich nicht sagen, hat etwas mit Weihnachten zu tun!"

Wenn Sorgen sich ums Christkind drehen, dann dringt man nicht weiter in einen, dann schweigt man diskret. Also schwieg Juliane - zumal sie ja auch am Tag darauf wieder viel glücklicher aussah. Wie die Familie später erfuhr, hatte sie sich da bereits zum Kauf weiterer zwanzig Handtücher und etlicher Waschlappen durchgerungen. Und diesmal ging es sogar auf. Gottlob! Denn sonst hätten ihre Lieben statt der vierzig Handtücher und weißnichtwievielen Waschlappen an diesem Weihnachten vielleicht achtzig oder gar hundert unter dem Christbaum gefunden! Immer fünfstückweise verpackt, mit einem Kärtchen an einer Schleife, auf dem jeweils stand:

Für Sandra - in Liebe, Oma.

Für Julian - in Liebe, Oma.

Für meine geliebte Tochter - in Liebe, Oma.

Sogar Omas Urenkelin, die fünfjährige Marie, bekam in diesem Jahr vom Christkind fünf Handtücher.

Frohe Weihnachten!

Weitere Kurzgeschichtensammlungen aus unserem Verlag

Mord mit Herz
Ronda Hendrikus
Acht Ladykrimis für zwischendurch
ISBN E-Book: 978-3-946280-13-2
ASIN: B0182GC8JY

Cognac mit Schuss
Ronda Hendrikus
Acht Ladykrimis für zwischendurch
ISBN E-Book: 978-3-946280-15-6
ASIN: B018K9SH16

Geliebter Mörder
Ronda Hendrikus
Sieben Ladykrimis für zwischendurch
ISBN E-Book: 978-3-946280-14-9
ASIN: B018K9SV76

Oma, hast du Strapse?
Friederike Costa
18 Kurzgeschichten für Frauen im besten Alter
ISBN E-Book: 978-3-946280-37-8
ASIN: B01LF7QIWK

Märchen psychologisch gedeutet, Reiseführer und mehr

www.by-arp.de